町奉行内与力奮闘記七

外患の兆

上田秀人

幻冬舎時代小説文庫

町奉行内与力奮闘記七

外患の兆

目次

●江戸幕府の職制における江戸町奉行の位置

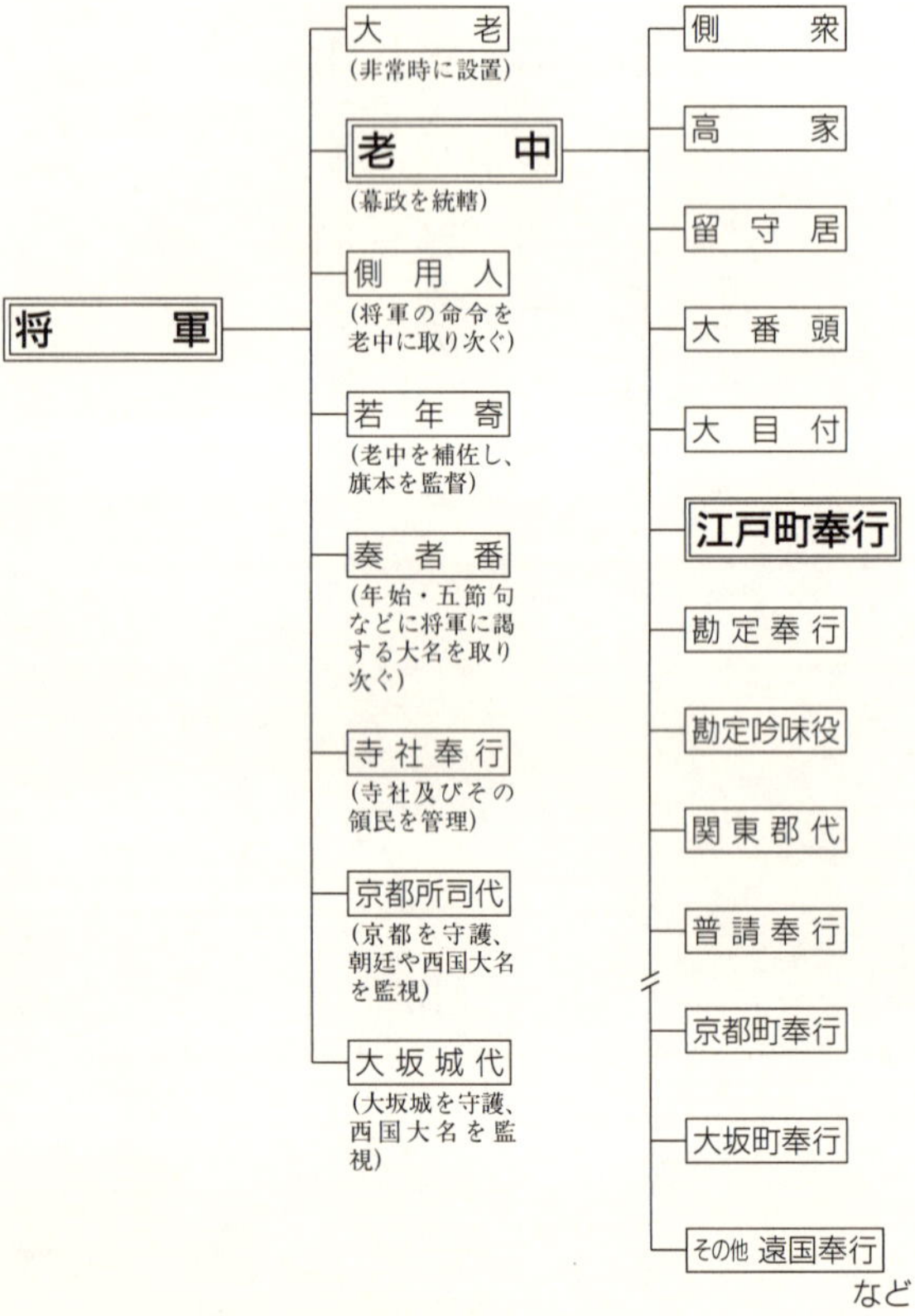

※江戸町奉行の職権は強大。花形の役職ゆえに、その席はたえず狙われており、失策を犯せば左遷、解任の可能性も。

●内与力は究極の板挟みの苦労を味わう！

奉行所を改革して出世したい！
江戸町奉行
幕府三奉行の一つで、旗本の顕官と言える。だが、与力や同心が従順ではないため内与力に不満をぶつける。
臣従
究極の板挟み！
内与力
町奉行の不満をいなしつつ、老獪な与力や同心を統制せねばならない。
失脚させたい
腐敗が許せない
監督
町方（与力・同心）
代々世襲が認められているが、そのぶん手柄を立てても出世できない。
→役得による副収入で私腹を肥やす。
→腐敗が横行！
現状維持が望ましい！

【主要登場人物】

城見亨　本書の主人公。曲淵甲斐守の家臣。二十四歳と若輩ながら内与力に任ぜられ、忠義と正義の狭間で揺れる日々を過ごす。一刀流の遣い手でもある。

曲淵甲斐守景漸　四十五歳の若さで幕府三奉行の一つである江戸北町奉行を任せられた能吏。厳格なだけでなく柔軟にものごとに対応できるが、そのぶん出世欲も旺盛。

牧野大隅守成賢　江戸南町奉行。曲淵甲斐守と出世を争う好敵手。

西咲江　大坂西町奉行所諸色方同心西二之介の長女。歯に衣着せぬ発言が魅力の上方娘。

播磨屋伊右衛門　咲江の大叔父。日本橋で三代続く老舗の酒問屋。

志村　播磨屋伊右衛門が雇った用心棒。城見亨の剣の腕を認めている。

池端　播磨屋伊右衛門が雇った用心棒。凄腕。

竹林一栄　江戸北町奉行所の元筆頭与力。曲淵甲斐守との暗闘に敗れる。

左中居作吾　江戸北町奉行所の現筆頭与力。

江崎羊太郎　定町廻り同心を何年も務め、若くして実力を認められた隠密廻り同心。

石原参三郎　江戸北町奉行所の定町廻り同心。竹林のやり方に従わず、町衆からの信頼を得る。

佐田郁太郎　江戸北町奉行所を放り出された元与力。復活の機会をうかがっている。

井村主馬　江戸南町奉行所定町廻り同心。亨が行動を共にしている志村の正体に気づく。

戸川　江戸南町奉行所定町廻り同心。仁科屋盗難事件を牧野大隅守に注進。

仁科屋喜一　浜町にある指物屋。多額の盗難被害に遭う。

木曽屋杢助　本所材木町で人入れ稼業を営む。竹林一栄を匿っている。

第一章　同役の競

一

無頼や盗人《ぬすっと》というのは、匂《にお》いに敏感でなければ生きていけない。

「神田に定町廻《じょうまちまわ》り同心《どうしん》が来なくなっている」

「浜町も穴が空いた」

まず盗人が走った。

夜中に店に忍びこんで、持てる限りの金を持って逃げる。

「ああ、やられたあ」

翌朝、犯行に気づいた家人が近くの自身番へ届け出ても、定町廻り同心が来なければ、御用聞きも顔を出さない。

「お出入りをしているのはなんのためだ。何年も金を払ってきたというのに」

奉行所の対応に腹を立てた商人が、出入り先の同心に文句を言おうと八丁堀《はっちょうぼり》へ行ってみると、組屋敷はもぬけの空になっていた。

「えっ……」

商人がまぬけな顔で立ちすくんだのも無理はなかった。

町奉行所の与力、同心というのは、世襲制であり、親が隠居すれば息子あるいは婿が跡を継ぎ、連綿と続いていくものであったからだ。

「筒井《つつい》に用か」

呆然《ぼうぜん》としている商人に黒の巻羽織、黄八丈の着流しと一目で町奉行所同心とわかる男が声をかけた。

「はい」

商人がうなずいた。

「筒井の家は潰《つぶ》れたぞ」

「……まさか」

言われた商人が絶句した。

「北町奉行曲淵甲斐守《まがりぶちかいのかみ》さまのお怒りを買っての、放逐じゃ」

「そのようなことができるはずは……」

同心の説明を商人は信用しなかった。

商人の戸惑いも当然である。町奉行所の与力、同心は町奉行の家臣ではない。町奉行はあくまでも幕府から任じられた役人であり、与力、同心と幕臣という意味では同僚になる。家臣が同じ家臣を放逐するなど、武士としての根本であるご恩とご奉公に反する行為で、決して認められるはずはなかった。

「正確には、逃げ出して、欠け落ちとして除籍されたのだ」

「除籍……」

さらなる説明に、商人が驚愕《きようがく》した。

除籍は武士としての身分を剝奪《はくだつ》するもので、禄《ろく》を失うのはもちろん、その日から無宿者と同じ扱いを受ける。

諸藩が人減らしに藩士を辞めさせるのとは意味が違う。藩から召し放ちを言い渡されても、それがなにかしらの罰でない場合は、勝手次第とされて、どこへ仕官しようとも問題ない。

仕官するまでは浪人となるため、身分は庶民と同じになるが、奥州浪人とか相模《さがみ》浪人とか、出自をあきらかにでき、長屋を借りることも、帰農や商家への勤めなども許された。

だが、これが除籍となると話が一気に変わった。

「是非に貴家へお召し抱えを願いまする」

藩士を辞めさせられた浪人が他家に仕官を願うのは当たり前の話だ。そもそも武士というのは、戦場以外では役に立たない。田畑を耕したこともなく、家を建てる腕もない、算盤《そろばん》どころか金勘定さえしたことがない。まさに、先祖代々の禄があったればこそ無為徒食を重ねてこられた。

その禄がなくなっては、いきなり死の淵に立たされる。だからといってなにもできないとくれば、もう一度武士に戻りたいと思うのはもっともなことである。

「しばし、待たれよ」

まずないことだが、訪れられた藩に余裕があり、人手を求めていたとしても、すぐには雇わない。

前身になにがあったかを確認しなければまずい。

「あの者は、藩の金を盗んで逃げました者」

「人を斬り、逐電いたしました者」

このような犯罪者を召し抱えては大事になる。同じことを藩内で起こされるかも知れないという怖《おそ》れと、かつての主家から苦情が来るのを覚悟しなければならない。

「某《なにがし》なる者、当家に仕官を求めて参りましたが、経歴は如何《いかん》」

それを防ぐために問い合わせる。

「なにもございませぬ。お召し抱えもご勝手になされよ」

藩の都合で首になったときは、ほとんどがこう返答する。

それが除籍にはない。

「当家に縁なき者でござる」

これくらいならましである。暗に碌《ろく》でもない者でござると教えるだけだが、

「こういった事情で除籍いたしましてござる。今後なにがございましても、当家とはまったくかかわりございませぬ」

なにがあったかを告げられて、雇ったらそっちの責任だと押しつけられる。

そんな者を藩士に抱えるところなどない。除籍となった町奉行所の与力、同心は

もう世間には戻れなかった。

「なにがございましたので」

商人が事情を尋ねた。

「言えぬわ」

同心が手を振った。

「今は北町奉行所が落ち着いておらぬ。いきなりかなりの数の与力と同心がいなくなったのだからの。だが、すでにその跡は埋められている。もう少しで旧来の姿に戻るはずだ。それまで待て」

「いずれ戻ると言われましても、こちらとしては……」

店が被害に遭ったのだ。商人は納得できなかった。

「しかたないの。筒井の出入り先となれば、浜町か」

「はい。浜町で指物《さしもの》を扱っておりまする仁科屋《にしなや》と申しまする」

確認した同心に商人が名乗った。

「そうか。なにがあった」

「一昨日、夜中に盗賊が入り、店の金を二百十六両持って逃げましてございまする」

　詳細を問うた同心に仁科屋が述べた。

「それは災難だの。わかった。儂《わし》は南の同心戸川《とがわ》という。儂からお奉行さまへお伝えしておこう」

「ありがとう存じまする」

　ようやく商人が納得した。

　商人を見送った戸川は、その足で南町奉行所へと急いだ。

「お奉行さまにお目通りを」

「どういたした」

　面会を求めた戸川を南町奉行牧野大隅守成賢《まきのおおすみのかみしげかた》が許した。

「さきほど……」

　戸川が事情を語った。

「ほう」

　牧野大隅守が興味を見せた。

「曲淵甲斐守どのはかなり強硬だと聞いてはいたが、そこまでしたか」

町奉行は幕府に二人しかいない。旗本としてはほぼ限界に近い高官になる。牧野大隅守はここまで来るのに、西丸小姓《こしょう》、使い番、目付《めつけ》、小普請《こぶしん》奉行、勘定奉行と二十年以上の年月をかけている。

役人として十分な経歴を持ち、面倒な勘定方《かた》や御用商人をうまくあしらってきた牧野大隅守は、町奉行所の役人たちと軋轢《あつれき》なく過ごしていた。これは町奉行としての職務を無事に果たし、数年後にはより格上で旗本としては最高の地位になる大目付あるいは留守居を狙っているからであった。

「おもしろい。少しばかり手を出してみるかの」

牧野大隅守が口の端を吊《つ》り上げた。

「…………」

同席していた南町奉行所年番方《ねんばんかた》与力が無言で牧野大隅守の処理した書付を手にした。

「これでよろしゅうございますれば、手配をいたしたく存じまする」

「任せる」

年番方は町奉行所の内政を司《つかさど》る。手慣れた年番方与力のやることにまずまちがいはない。牧野大隅守がすんなりと認めた。

「では、しばし御免を」

書付を持って、年番方与力が町奉行役宅から隣接する町奉行所へと戻った。

「誰ぞ、この書付を処理いたせ。お奉行の許しは得てある」

「はっ」

年番方同心が書付を受け取った。

「藤間《とうま》、ちょっとつきあえ」

年番方与力が同心を呼んだ。

「なんでございましょう」

藤間と呼ばれた若い同心が、年番方与力のもとへ近づいた。

「耳を貸せ」

年番方与力が声を潜めた。

「はっ」

「おまえの弟、北町の同心に取り立てられたな」

耳を寄せた藤間に、年番方与力が確認した。

「はい。おかげで弟の養子先を探さずにすみました」

やはり小声で藤間が答えた。

町奉行所の与力、同心の数は南北合わせて与力五十騎、同心二百四十人と決められている。となれば、跡を継げる長男はいいとしても、次男、三男の行き場所が困った。

なにぶんにも罪人を扱うため、不浄職として蔑《さげす》まれている町奉行所役人の家から、養子や嫁をもらおうという幕臣はいない。となれば、同じ町奉行所役人の間で、遣《や》り取りをするしかなくなる。

だが、数が少ないために、そうそう養子の口はない。それこそ、与力の次男、三男が同心の婿に喜んで行くくらいなのだ。婿養子に行ける者は、よほど幸運であった。

「同心十八人、与力八騎は助かった。儂も次男を北町の与力にできた。まことにありがたいことだ」

年番方与力もうなずいた。

「言いかたは悪いが、これも曲淵甲斐守さまのおかげであり、馬鹿をしでかしてくれた竹林《たけばやし》以下の連中の功績だ」

「たしかに」

藤間が同意した。

「ところで、先ほど、廻《まわ》り方《かた》同心の戸川がお奉行さまに目通りを願っての、このようなことを申しておった。浜町の……」

先ほど耳にした話を年番方与力が藤間に告げた。

「曲淵甲斐守さまを陥れる」

「そこまでお考えかどうかはわからぬがの」

すぐに意味を悟った藤間に年番方与力が小さく首を横に振った。

「せっかく北町の与力、同心になったばかりで、まだ慣れてもおらぬときに、上がもめてはまずいであろう」

町奉行所の役人には、独特な慣習があった。なにせ、町民ともっとも近いだけに、その影響を受ける。

「北の出入り先が、随分と離れたのは知っておろう」

「存じております。南へ鞍替《くらが》えを願う者もおりましたので」

出入りは金を渡す代わりに、なにかあったときの手心を期待するものである。曲淵甲斐守を失脚させるべく、もと北町奉行所筆頭与力竹林一栄《かずえ》が江戸の治安を悪くするとの策を打ち、出入り先に無頼が無体を仕掛けても無視するという暴挙に出た結果、多くの商家が北町と縁を切っていた。

「あのままでは、北町へ行った者たちが苦労する」

薄禄で江戸の治安を守っているのは、出入りの金が入るからであり、その金がなければ、御用聞きを抱えることもできなくなる。そうなれば、北町奉行所の機能は、麻痺《まひ》してしまい、属している与力、同心の責任になる。

「曲淵甲斐守さまがそれで更迭《こうてつ》されるのはいいが、次にお見えの方が、そのまま北町の者を使い続けてくださるとは限らぬ」

年番方与力が苦い顔をした。

与力は譜代《ふだい》扱いのため、そう簡単に辞めさせられないが、同心は一代抱え、それも越年切り替えという一年ごとの雇用である。もちろん、形だけで実際は世襲制だが、正論をいえば、同心の入れ替えは簡単にできた。

さらに与力の交代は難しいが、役目を変えるのは町奉行の考えでできる。それこその余得の多い年番方や吟味方《ぎんみかた》といった花形の役目から、牢屋見廻り、養生所見廻りなどへ左遷もある。そうなれば、収入は大幅に減るし、町奉行所内での勢威も落ちる。

力を失えば、息子を見習いに出すのも難しくなり、次代の出世にも響いた。

「今、北町に波風はまずい。すでに十分揺れているのだ」

「わかりまする」

藤間が首肯《しゅこう》した。

「行ってくれ」

「承知いたしました」

なにをしろとはっきり言われなくても、それを忖度《そんたく》するくらいできなければ町奉行所の役人など務まらない。

了承した藤間が、南町奉行所を出た。

呉服橋《ごふくばし》御門内の南町奉行所と常盤橋《ときわばし》御門内の北町奉行所は近い。藤間は四半刻《しはんとき》（約三十分）かからずに北町奉行所へ着いた。

「左中居《さなかい》さまにお目通りできようか」

藤間は今回の騒動で逃散した竹林一栄に代わって筆頭与力になった左中居作吾《さくご》の都合を問うた。

「南町の同心が、儂に……珍しいの。少し待ってもらえ」

取次の報告に左中居作吾が首を縦に振った。

年番方与力は忙しい、ましてや今は北町奉行所が騒動のさなかにある。新たに与力、同心に取り立てた者のこともある。年番方与力は猫の手も借りたいほど忙しかった。とはいえ、南町の同心を北町の与力が冷たくあしらうわけにはいかなかった。

「……待たせた」

半刻（約一時間）以上手間取った左中居作吾が、藤間の前に顔を出した。

「お忙しいところ申しわけございませぬ。じつは……」

相手は与力である。藤間が逆に忙しいところを邪魔をしてと詫《わ》びながら、用件を話した。

「藤間といえば、そなたの弟かの。この度高積見廻《たかづみ》りになったのは」

返答をせず、左中居作吾が確認を求めた。

「さようでございまする。ご筆頭さまのおかげで、弟も一人前の町方《まちかた》役人となれましてございまする」

藤間が感謝を口にした。

「そうか。わかった。報《しら》せてくれて助かったと与力どのに伝えてくれ」

「はっ」

うなずいた左中居作吾に一礼して、藤間が去った。

「まったく、忙しいときに要《い》らぬ手出しをする。奉行というのは、実際に働いている我らの苦労をわかっておらぬ」

新しい面倒事に左中居作吾が愚痴を漏らした。

「このままには捨て置けぬな。これ以上、北町の評判を落とすわけにはいかぬ。それこそ、出入りすべてを南町へ持っていかれてしまう」

左中居作吾が嘆息した。

二

江戸という町は広い。住んでいる者も多く、天下一の繁栄を誇る。

まさに日が昇る城下といえたが、それは同時に陰に濃い闇を生み出していた。

「どうしなさるおつもりで」

本所材木町で人入れ稼業をしている木曽屋《きそや》杢助《もくすけ》が、離れで酒に浸っているもと北町奉行所筆頭与力の竹林一栄に問いかけた。

「なんだおまえ、儂を追い出そうというつもりか」

真っ赤な顔をより怒りに染めて竹林一栄が木曽屋杢助を睨《にら》んだ。

「どれだけいろいろなことをもみ消してやったと思っている。昨年冬の伝馬町の火事騒ぎのことが表沙汰《おもてざた》になるだけで、おめえは火あぶりだぞ。それを失火で処理してやったのは、この竹林さまだぞ」

竹林一栄が、木曽屋杢助の付け火をもみ消したと口にした。

「わかっておりますよ。そのぶん、お払いしたはずでございますが」

木曽屋杢助が言い返した。

「なにを言ってやがる。あの火事で木材が高騰、おめえが千両以上儲《もう》けたのはわかっているんだ。こっちに百やそこらよこしたくらいでは響きもしなかったろうが」

大儲けしたわりには、謝礼が少なかったと竹林一栄が文句を言った。

「……止《や》めましょう。どっちにしろ、世間に知られれば、わたくしどもの命はございません。一つ穴の狢《むじな》で。ですから、旦那をお匿《かくま》い申しております」

木曽屋杢助が首を左右に振った。

「……ふん」

鼻を鳴らして竹林一栄が盃《さかずき》をあおった。

「うちでよろしければ、しばらくいてくださってよろしゅうございますが、このままでよろしいので」

「いいはずなかろうが」

もう一度訊《き》いた木曽屋杢助に、竹林一栄が怒鳴るように返した。

「あの奉行さえ、大人しくしていれば、儂は今でも筆頭与力でいられたのだ。江戸の町を肩で風を切って歩け、越後屋の主《あるじ》でさえ道を譲る……」

悔しそうに竹林一栄が詰まった。

「…………」

木曽屋杢助が黙った。

町奉行所の与力は、まさに江戸の主《ぬし》であった。とくに筆頭与力ともなると、他の職掌の与力たちにも影響を及ぼせる。江戸の物価を左右できる諸色方《しょしきかた》も筆頭与力の指示には逆らえず、商人は諸色方の指図に従わなければならない。

筆頭与力は、町奉行よりもえらいと江戸の民は思っていた。

その地位を竹林一栄は奪われた。

「……この恨みをどうしてくれようか」

竹林一栄が唇を嚙《か》み切った。

「一生涯食べていけるほどお持ちでございましょう」

大人しく余生を楽しんではどうだと木曾屋杢助が勧めた。

「ふざけるな。金などほとんどないわ」

竹林一栄が木曾屋杢助を怒鳴りつけた。

「はて……」

木曾屋杢助が首をかしげた。

与力の禄はおおむね二百石である。幕臣は四公六民なので、実収入は八十石、金にして七十二両ほどになった。一カ月一両あれば庶民一家が喰《く》える。

与力は月にして六両になる。これだけあれば、相応の生活ができた。とはいえ、武士としての体面もあるため、庶民のように着た切り雀だとか、食事におかずがないとかは許されないが、それでも家賃は不要なのだ。贅沢《ぜいたく》をしなければ、苦労はない。

しかし、町奉行所の与力と同心は、本禄以外に慣れてしまっている。俸禄の数倍が、毎月挨拶《めかけ》だとか合力とかで入ってくるのだ。

町屋に妾を囲っている同心も多い。吉原に馴染《なじ》みの遊女を持つ与力もいる。衣服は表木綿裏絹どころか、裏錦のときもある。足袋《たび》は一度履けば、洗濯せず捨てるという習慣もある。多少の蓄えなど、あっという間になくなった。

「地所を買っていたのだ」

竹林一栄が苦い顔をした。

「それは……」

理解した木曽屋杢助が息を呑《の》んだ。

江戸の城下は、家康のころからずっと拡張を続けている。大名は争って将軍への忠義を示すとばかりに屋敷を求め、江戸ならば商売になるとやって来た商人が店を探し、それらの普請を仕事とするために集まった職人や人足が住む場所を欲しがる。

とてももとからあった地所だけでは足らず、本所、深川も開拓、それでも不足するので、どんどん江戸湾が埋め立てられていっている。そんな土地不足の江戸で、なにが儲かるかといえば、土地の売り買い、貸し出しであった。

とはいえ、儲かるからといって誰でもが地所を買えるわけではなかった。たとえ売りに出ていても、その場所を管轄する町《ちょう》役人が認めなければ買えなかった。当たり前だが、空き土地が出れば最初に町役人が買い取ってしまう。まず、世間に出回ることはない。

そんな入手困難な空き土地だが、町屋に大きな力を持つ町奉行所与力には簡単に手に入った。

「地所が欲しいのだが、出物があれば報せてくれ」

こう町役人に言っておけば、空き土地が出たらすぐに話が来る。

「いくらになる」

さすがにただや格安にはならないが、それでも普通に買うよりは安い値段で手に入った。

竹林一栄は与力の権限を十二分に利用し、かなりの地所持ちになっていた。

「なんと申しあげてよいやら」

木曽屋杢助が戸惑った。

地所は持っているだけで金を生む。しかし、現金と違って持ち歩くことができない。今回の竹林一栄のような事情であれば、地所は最悪な財産であった。

「竹林の家は改易だ。地所は闕所《けっしょ》になった」

改易とは家を潰され、竹林の名跡が絶えることであり、闕所は改易に伴う処罰の一つで、すべての財産を収公する。

竹林一栄が長年、金を遣って集めた地所はすべて幕府のものになった。

「では……」

「金なんぞ、持ち出せただけしかない」

確かめた木曽屋杢助に、竹林一栄が自嘲《じちょう》した。

「……………」

木曽屋杢助が沈黙した。

北町奉行所内与力《うちよりき》城見亨《しろみとおる》は、曲淵甲斐守の登城を見送って、役宅の控え室へ帰った。

「内与力どの」

亨を一人の与力が待っていた。

「竹林どのか」

下座に控える二十歳過ぎの与力の前に亨は腰を下ろした。

「これをお願いいたしまする」

竹林と呼ばれた与力が、数十枚の書付を亨の前に置いた。

「……………」

無言で亨は書付に目を落とした。

「これはよし、これはいかぬ。こちらはもう一度精査をさせるように」

筆頭与力以下、五人の手慣れた与力がいなくなり、本来内与力がする仕事ではない書付の確認も亨の役目となった。

「承りましてございまする」

竹林が書付を三つに分けた。

「慣れられたかの」

亨自体が、まだ内与力になって数カ月でしかない。その亨に訊かれた竹林は、つい五日前に見習いとして町奉行所へ出務したばかりであった。

「戸惑うばかりで、お役に立てず、申しわけなく思っております」

竹林が首を横に振った。

「ですが、大罪を犯した兄の連座で、わたくしも放逐されるところをお救いいただいただけでなく、新規召し抱えという形で与力にお取り立ていただきました。曲淵甲斐守さまには感謝いたしております」

しっかりと亨を見ながら、竹林が告げた。

「竹林どの……どうも言いにくい」

宿敵だった男と同じ名字なのは当然だが、弟への隔意はない亨といえども竹林という名前を口にするのは、なかなかに重い。

「では、名前の源悟郎《げんごろう》から取って、源悟とお呼びくだされ」

竹林源悟郎が提案した。

「そうか、では、そうさせてもらおう」

亨は八丁堀でも名門の与力家当主を下の名前で、しかも省略した状態で呼べることになった。

「他になにかあるか」

「今のところは」

確認した亨に源悟が首を左右に振った。

「さようか。では、しばし出て参る。なにかあれば、日本橋の播磨屋《はりまや》まで報せてくれ」

「承知いたしました」

与力見習いに見送られて、亨は北町奉行所を出た。


日本橋は東海道の起点でもある。望みを抱いて江戸へ来る者、失意のうちに江戸を去る者、故郷に錦を飾る者をずっと見てきた。

元禄のころ、播磨西宮から出てきた初代播磨屋伊右衛門《いえもん》が日本橋に酒問屋を開いて、三代目になる当代は、歴代でもっとも遣り手と噂《うわさ》されていた。

「おはようござる」

酒屋の暖簾は換気のため短い。暖簾《のれん》をかき分けることなく、亨は播磨屋へ入った。

「これは、城見さま。ようこそのお見えでございまする。どうぞ、奥へ。主がお待ち申しあげておりまする」

播磨屋の番頭が、亨をていねいに迎えた。

「邪魔をする」

勝手知ったる他人の家、亨はすぐに奥へと通った。

「おはようございまする」

すっと立ちあがった播磨屋伊右衛門が居室の下座へと移った。

「かたじけなし」

空けられた上座へと亨は腰を下ろした。

「朝餉《あさげ》はすまされましたか」

「いや、朝から書付を見ていたので、まだでござる」

問われた亨が素直に空腹だと応じた。

「おい」

「はあい」

手を叩《たた》いた播磨屋伊右衛門に間延びした声が応じた。

「城見さま……あっ」

「これ、城見さまがお見えだよ。しっかりしなさい」

居室に顔を出した姪孫《てっそん》の態度に、播磨屋伊右衛門が苦言を呈した。

「……おはようございまする。ご機嫌はいかがでいらっしゃいますか」

あわてて座り直した西咲江《さきえ》が、武家の娘らしい態度で挨拶をした。

「普段から、そうしていなさい」

播磨屋伊右衛門があきれた。

「いや、叱《しか》ってくださるな」

亨が手を振った。

「ほら、城見さまがええ言うてはるやんかあ」

咲江が勝ち誇った。

「甘やかさないでいただきますよう。まあいい、小言は後で。城見さまが朝餉をまだお摂《と》りでないと仰せだよ。なにかお出ししなさい」

「朝御飯、まだ食べてはらへんの。それは大変……すぐに」

慌ただしく咲江が居室から台所へと下がっていった。

「すみませぬ。しつけが行き届かず」

恥ずかしそうに播磨屋伊右衛門が謝罪した。

「大坂からずっとでございますので、慣れました」

亨が苦笑した。

西咲江は曲淵甲斐守の前任地大坂西町奉行所の諸色方同心西二之介《にのすけ》の娘である。大坂に赴任していた亨を気に入り、その押しかけ女房になるべく江戸へ出てきていた。

「慣れた……喜んでよいのやら、城見さまのお父上さまや、お母上さまに申しわけないというか……」

播磨屋伊右衛門が小さくなった。

「いや、まあ……」

父と母に申しわけないと播磨屋伊右衛門が口にしたのは、西咲江が亨の許嫁《いいなずけ》だからであった。

「西の娘をもらえ」

曲淵甲斐守が亨にそう命じ、二人は婚姻の約束を交わしたことになっている。とはいえ、そのじつは、江戸町奉行所の闇を排除すると決めた曲淵甲斐守が、協力者である播磨屋伊右衛門との連絡を円滑にするために、考えた方便であった。

「お待たせをいたしました」

膳を持った咲江が、女中を従えて戻ってきた。

「なにもございませんが」

咲江が亨の前に膳を置いた。

「それ貸して。給仕はあたしがするよって」

後ろに付いてきた女中が運んできたお櫃《ひつ》を咲江が受け取った。

「城見はん、お茶碗を」

咲江が両手を出した。

「すまぬの」

空腹の亨は茶碗を咲江へ渡した。

「塩干物に菜の漬け物、蜆《しじみ》の味噌《みそ》汁《しる》。ありがたし」

好物ばかりだと亨は喜んだ。

「お代わりはなんぼでもおますので、ご遠慮なく」

豪快に飯を口に運ぶ亨を、咲江が楽しそうに見つめた。

「……馳走《ちそう》であった」

三杯お代わりをした亨は満足して箸《はし》を置いた。

「お粗末さまでございました」

ほほえみながら、咲江が頭を下げた。

「咲江、ちょっと外しなさい」

「……はい」

大叔父の真剣な声に、咲江が文句を言うことなくうなずいた。

「……さて、城見さま。お奉行所のなかはいかがでございましょう」

播磨屋伊右衛門が質問をした。

「半数が慣れぬ者となりましたので、いささか戸惑ってはおりまするが、風通しは随分とよくなりましてございまする」

亨が告げた。

「それはなによりでございました」

ほっと安堵《あんど》のため息を播磨屋伊右衛門が吐《つ》いた。

無理もなかった。出入りの金を受け取っていながら、曲淵甲斐守への反発で無頼や盗賊を放置した北町奉行所の役人たちと敵対することを選んだ播磨屋伊右衛門だが、もし、曲淵甲斐守が敗北していれば、どのような嫌がらせを受けるかわからなかった。

「一安心というところでございましょうか」

播磨屋伊右衛門が笑った。

「とも言えぬのだ」

亨が難しい顔をした。

「いかがなさいました」

さっと播磨屋伊右衛門が笑いを消した。

「浜町の仁科屋という指物屋をご存じか」

「……仁科屋さん、浜町の……少しお待ちを」

ふたたび播磨屋伊右衛門が手を叩いた。

「なに」

外で控えていたのだろう、すぐに咲江が襖《ふすま》を開けた。

「……番頭を呼んでおいで」

なんとも言えない表情で播磨屋伊右衛門が咲江に頼んだ。

「番頭はんやね」

咲江が足音を立てて急いだ。

「これっ、女が足音を立てるものではない」

小言を播磨屋伊右衛門が咲江の背中に投げた。

「…………」

祖父と孫に近い遣り取りをする播磨屋伊右衛門と咲江に、亨が頬《ほお》を緩めた。

「まったく……」

文句を言いながらも、播磨屋伊右衛門の唇も少しだけあがっていた。

「お呼びで、旦那」

まもなく番頭がやって来た。

「すまないね。忙しいときに」

店を預ける番頭には、主といえども気を遣わなければならない。まず、播磨屋伊右衛門が詫びた。

「浜町の仁科屋さんというのを知ってるかい」

「はい。存じあげております。直接のお取引はございませんが、仁科屋さんに品物を納めている職人さんがお得意さまでございまして」

問われた番頭が答えた。

「よいかの、播磨屋どの」

直接話していいかと亨が播磨屋伊右衛門へ尋ねた。

「どうぞ」

播磨屋伊右衛門が認めた。

「すまん。店が忙しいとは思うが、御用にかかわることゆえ、許してくれ。仁科屋について、なにか最近耳にしていないか」

一言断ってから、亨が訊いた。

「噂というか、先ほど申しましたお得意先の職人さんが昨日お見えで、そのおりにお話しいただいたのでございますが、どうやら仁科屋さんに盗人が入ったとか」

「盗賊がか」

「それもかなりの金額を盗《と》られてしまったらしく、主の機嫌が無茶苦茶悪く、いつもなら引き取ってくれる品物を、角がどうの、仕上げがどうのと苦情を言い立て、代金がもらえなかったとぼやいておりました」

番頭が語った。

「浜町の辺りの治安はどうなんだ」

「よいところでございますよ。御上《おかみ》の浜御殿がございますので、普段でも町奉行所の見廻りは、他よりも多いくらいで」

確かめた亨に、番頭が述べた。

「仁科屋の評判はよいか、悪いか」

「どちらでもないというところでございましょうか。評判の悪いところは店が左前になれば、まず職人への支払いを滞らせまするが、そのような話を聞いたことはございません」

「そうか。助かった」

礼を口にして、亨は番頭を戻らせた。

「お伺いしても」

播磨屋伊右衛門が求めた。

「お話ししてもよいとお奉行さまからお許しを得ておりまする」

亨が首肯した。

「ことは……」

南町奉行所の同心から北町奉行所へ持ちこまれた経緯を含めて、亨が語った。

「後始末でございますか」

「いかにも」

播磨屋伊右衛門の感想に、亨が同意した。

「あの辺りを縄張りにされていたお方は」

「放逐された」

「なるほど。それで見廻りがなくなった」

播磨屋伊右衛門が理解した。

「問題は、南町奉行牧野大隅守さまから、どのように話が回るかでございますな」

「お奉行さまもそれを気になされていた。儂に嫌味を聞かすだけならばありがたいのだが、老中方あるいは目付に話すのではないかと」

牧野大隅守の行動に気を遣わなければならないと言った播磨屋伊右衛門に亨は首

肯した。

「今、浜町は」

「まだ、後任が決まっておりませぬ。廻り方同心は経験が重要、いなくなった連中の後任として来た者たちはまだまだ」

亨が首を横に振った。

「ということは、城見さまが」

「お奉行さまから、調べを命じられましてございまする」

播磨屋伊右衛門の推測を亨は認めた。

「直接仁科屋へ行く前に、あるていどのことを知っておきたく、寄らせていただきましてござる。助かり申した」

亨が腰を曲げた。

「いえいえ。お役に立てるならば、いつでもお寄りくださいませ。お帰りだよ」

合わせて頭《こうべ》を垂れた播磨屋伊右衛門が襖の向こうに声をかけた。

「ええ、もう帰らはるん」

咲江が口を尖《とが》らせた。

「御用ゆえな」

亨は咲江を宥《なだ》めた。

三

浜町への道を歩きながら、亨は感慨に耽《ふけ》っていた。

「ここで命がけの戦いをしたのが、遠い昔のような、つい先ほどのような気がする」

曲淵甲斐守を脅して、膝を屈させようと考えた竹林一栄は、江戸の闇ともいうべき陰蔵《かげぞう》に、咲江の誘拐を依頼した。

大坂西町奉行所時代の部下の娘が江戸で掠《さら》われる。これは確実に曲淵甲斐守への恨みからだと世間にもわかってしまう。

「恨みを買うような者に町奉行は」

老中たちがこう考える可能性は高い。町奉行を足がかりに、留守居あるいは、大目付へ登りつめようと考えている曲淵甲斐守にとって致命傷になりかねない。

「防げ」

曲淵甲斐守に命じられた亨は、咲江の大叔父に当たる播磨屋伊右衛門と組んで、人手を集め、陰蔵一味を迎え撃った。

その場所がこの付近であった。

「ここを曲がるのか」

東海道から一本入ったところに仁科屋はある。

亨は、曲がってすぐのところに仁科屋を見つけた。

「仁科屋はここでよいのか」

紺色の暖簾を片手であげた亨が店に入った。

「へい。仁科屋は手前どもでございますが、どちらさまでございましょう」

歳老いた番頭らしき男が対応に出た。

「北町奉行所の与力城見である。主はおるか」

町奉行所の与力には、それだけの押し出しが要る。亨は尊大な態度を取った。

「町方の旦那でございますか。それはお見それをいたしました。すぐに主を呼んで参りまする」

町奉行所の役人を怒らせると面倒だというのは、江戸の庶民全員が知っている。番頭が急いで主のもとへ行った。

「嚙みつきはせぬものを」

その様子に亨は苦笑した。

「お待たせをいたしましてございまする。当家の主、仁科屋喜一《きいち》と申しまする」

やはり走るようにして店へ出てきた仁科屋が名乗った。

「北町奉行所の与力、城見である。早速だが、盗賊に遭ったそうだの」

もう一度身分を口にして、亨は用件に入った。

「北町……」

先日引き受けると言った同心は南町奉行所の者だった。しかし、来たのは北町奉行所の与力である。仁科屋が怪訝《けげん》な顔をした。

「北町では都合が悪いのか」

「と、とんでもございませぬ。まさか、与力さまにお出《い》でいただけるとは思ってもおりませんでしたので」

あわてて仁科屋が否定した。

「ならばよいが……で、どうなのだ」

一応納得したと言い、ふたたび亭が最初の質問を繰り返した。

「はい。三日前の、いえ、四日前の夜中でございまする。盗人が入りまして、この金箱を壊して、なかの金を持ち去りましてございまする」

仁科屋が算盤を置いている机の下から、割られた金箱を取り出した。

「見せてくれ」

亭は金箱を手に取った。

「四方すべてに金具を打ってある。そのうえ、板にも十字に金の補強が入っている。この木材は……」

「樫《かし》でございまする。もっとも固く、刀くらいでは傷も付きません」

仁科屋が答えた。

「それが完全に破壊されている。ここまで壊せるというのは、斧《おの》か鎚《つち》」

亭が金箱を精査した。

「物音に気づかなかったのか」

「気づきました」

問われた仁科屋に代わって番頭が答えた。

「旦那は、ここでなく少し離れたところにお住まいでございまして」

まず、旦那が気がつかなかったことへの言いわけを番頭がした。

「店にはわたくしを始め、手代二人、小僧二人の五人が寝起きしておりまする」

「で、誰が聞いた」

前置きはいいと亨が急《せ》かした。

「皆でございまする」

「店にいた全員がか。なにが起こっているかを確認したか」

寝泊まりしていた一同が知っていると告げた番頭に、亨は確かめた。

「いいえ。すさまじい音がして、盗賊だとすぐにわかりましたので。とても怖ろしく、見に行くなどとんでもない」

「…………」

顔色を変えて手を振る番頭を、仁科屋が睨みつけた。

「そうか。たしかに見に行って襲われでもしたら、大変ではあるな。ただ、どのような風体の者かくらいは目にしておいて欲しかった」

亭が番頭の対応を認めながらも、残念だと首を左右に振った。

「すいません」

番頭が小さくなった。

「いや、吾《わ》が身が大事だからな。無理を言った」

「捕まえていただけるのでございましょうね」

仁科屋が亭へ要求した。

「できる限りのことはするとしか言えぬ」

亭は約束を避けた。

「そんな……見廻りが減ったためにわたくしどもが被害を受けたのでございまする。今まで何十年と出入りのお金を払って参りましたというに」

「それについては、なにも言えぬ」

責任を押しつけられても困ると、亭が拒んだ。

「お金を取っていたくせに……」

「拙者は内与力だ。曲淵甲斐守さまの家臣で、この役目に就いて、まだ数カ月しか経《た》たぬ。町屋から一文の金も受け取っておらぬ」

まだ絡む仁科屋に亨が否定した。

「では、町奉行所のお役人ではない」

「いいや、町奉行所の与力には違いない。ただ、成り立ちが違う」

「内与力……そんなもの、わたくしどもにはかかわりございませんよ」

ざっくりと説明した亨に、仁科屋が反論した。

「二百両以上からの金を稼ぐには、どれだけの年月と苦労が要るか、おわかりではございませんな。黙っていても禄をいただけるお方と、その日働いて……」

「旦那さま」

武士への批判を言い出した主を番頭が諫《いさ》めた。

「やかましい。おまえもおまえだ。六歳のころから雇ってやって二十年だぞ。その恩を感じているならば、命がけで盗賊を追い返して当然だろう。それをみすみす見逃すなど……おまえに番頭を任せたのがまちがいだった」

「……そんな」

主の矛先を向けられた番頭が唖然《あぜん》とした。

「死ねとおっしゃるのでございますか」

「そうは言っていないが、二百両をこえる金とおまえたちでは引き合わないと」

顔色を変えた番頭の追及に仁科屋が本音を口にしてしまった。

「長らくお世話になりました。ただいまをもちまして辞めさせていただきます る」

番頭がお仕着せを脱いだ。褌《ふんどし》一つになった番頭が、私物を取りに奉公人部屋へと去って行った。

「な、なにを」

「わたくしも辞めまする」

「……わたくしも」

その場で遣り取りを聞いていた手代、小僧も次々とお仕着せを脱ぎ捨てた。

「馬鹿なことを言うな。おまえたちがいなくなれば、店を誰が……」

仁科屋があわてて奉公人部屋へと向かった。

「もう話は訊けぬな」

亨は事情聴取をあきらめた。

仁科屋を出た亨は、両隣の店を見た。

「こちらのほうが暇そうだな」

客の出入りをしばらく確認した亨は、右側の線香屋を選んだ。

「邪魔をする。北町奉行所の者だが、少し話を訊きたい」

亨は最初から身分をあきらかにした。

「なにか、わたくしどもの店に」

線香という軽いものを扱うからか、奉公人の姿はなく、主らしい老人が一人店先に座っていた。

「いや、仁科屋のことだ」

「はいはい」

隣のことだと告げた亨に、主が安堵の顔をした。

「盗人に入られたというが、知っておるか」

「存じておりますよ。夜中でしたかね、奉公人から報せを受けたのか、仁科屋さんが夜明け前に来られて、それはもう大騒ぎされましたので」

主が苦笑した。

「なるほどな」

亨も小さく口の端をゆがめた。

「なにか気がつかなかったか」

「あの夜でございますか……夜中に一度目が醒《さ》めました。日ごろは一度寝てしまうと朝までぐっすりなんでございますが、なにか物音でもしたのでしょう」

問われた主が思い出した。

「どんな音で、何刻くらいであった」

「音は覚えておりません。刻限は、たぶん、丑《うし》の刻（午前二時ごろ）を過ぎていたとは思います」

主が考え考えしながら答えた。

「そうか。よく思い出してくれた。助かる」

まず亨が主を褒めた。

「お役に立ちましたか」

主が誇らしそうに胸を張った。

「隣の仁科屋だが、評判はどうだ」

亨が声を潜めた。

播磨屋伊右衛門の番頭からあるていどは聞いているが、あくまでも又聞きになる。とくに出入りの職人だと、あまり悪いことは言えない。外で悪口を言っていると知られたら、仕事を取りあげられてしまう。

「……御上のお役人さまのお問い合わせなので、申しあげますが」

前置きをしてから主が続けた。

「今の仁科屋さんは、五代目にあたられますが、三代目さんまではよろしかったんですが、先代さんから、ちょっと……」

「どのように悪くなったか。ああ、口外はせぬぞ」

他には漏らさないと亨が誓った。

「そこまで仰せならば、申しあげますが……お金に汚くなられました」

首を小さく横に振りながら、主が述べた。

「細かくなられたのも確かでございまして、いつも線香は隣家のよしみでわたくしどもからお買い上げくださるのでございますが、お支払いが節季払いから大晦日のまとめになったり、代金をねぎられたり」

主が不満を見せた。

「お金への執着が強くなられたぶん、商いも派手になさるようになりまして、いろいろなところに指物を納められるようになられましたが」

「繁盛していたのだな」

「はい」

亭の問いに、主がうなずいた。

「盗人はそれを知っていた」

「でございましょう。仁科屋さんに入っても、うちには見向きさえいたしませんでしたから。なにせ、わたくしと商品を届けて回る小僧一人しかおりません。家族も老妻だけで、子供たちは別のところで商いをしております。それこそ、押し入ったところで抵抗されません」

確かめるような亭に主が応じた。

「でも狙われなかったのは、金がないからでございまする。線香なんぞ、売ったところで一日かかって一両に届きませんので」

主が自嘲した。

月に三十両、奉公人を雇い、商品を仕入れなければならないことを考えれば、儲けはしれている。大坂西町奉行所で商人を相手にしてきた亨は、すぐに線香屋の儲けがどれくらいになるかを理解した。

「お恥ずかしい話、お奉行所への出入りもいたしておりません」

「無理もなかろう」

亨も首を縦に振った。

奉行所への出入り金に制限はなかった。一分《いちぶ》から千両まで本人が出せるだけでいい。といったところで、相場というものはある。多いには多いだけ、町奉行所は喜ぶが、それでも千両などという馬鹿げた金額を認めるわけにはいかない。それを受け取れば、千両以下の金額しか出せない者が離れてしまう。

「千両出したところを厳重に守るのだろう」

ようは大得意の相手だけして、他は無視に近くなるとの疑いを持つ。

そして少なすぎるのも受けいれがたい。節季ごとに一分なんぞもらっても、どこへ行ったかさえわからなくなる。かといってもらった限りはあるていどの相手をしなければならない。そうなれば、金のわりに人手を要して割りに合わなくなる。

線香屋の主が出入りをしていないのは、普通のことだった。

「あともう一つ、隣が被害に遭うまでに、妙なことはなかったか。見かけない男がうろついていたとか」

亨が質問した。

「……そういえば、すぐこの裏で造作がございましたな。大工に左官、鳶《とび》などの姿をよく見ました」

「見慣れぬ連中か」

「そうでございますね。そういえば、いつもの棟梁のお顔を見ませんでした」

念のために尋ねた亨に、線香屋の主が語った。

「かたじけなかった」

亨は礼を言って、線香屋を後にした。

四

江戸城へ登った町奉行は、午前中を芙蓉《ふよう》の間で過ごす。芙蓉の間は幕府役人の殿中席としては、第六位となり、同席する役人に、寺社奉行、勘定奉行、大目付などがいた。

「甲斐守どのよ」

南町奉行牧野大隅守が、大きくないが秘する気のない声で曲淵甲斐守に話しかけてきた。

「なにかの、大隅守どの」

曲淵甲斐守が受けた。

「城下浜町の仁科屋という指物屋をご存じか」

牧野大隅守が尋ねた。

「仁科屋……先夜、盗賊被害に遭った店ならば知っておるがの」

「…………」

知らぬだろうと機先を制したつもりだった牧野大隅守が、曲淵甲斐守の返答に鼻白んだ。

「その主が、北町奉行所が盗賊を捕まえてくれぬと南町奉行所の同心へ泣きついて参ったのだが」

牧野大隅守が辺りに聞こえるように言った。

「…………」

「ほう」

忙しい勘定奉行はすでにいない。広間にいた寺社奉行、大目付らが聞き耳を立てた。

役人はいつでも他の役人の足を掬《すく》う準備をしていると言っていい。これは役人が目指す出世の頂点の数が限られているからだ。誰もが努力次第で老中になれるならば、他人を蹴落《けお》とす意味はなくなる。蹴落とすよりも手を組んで仕事の効率を上げたほうが、成果も出る。

しかし、席は少ない。とくに旗本の場合は、留守居と大目付で終わりなのだ。なかには将軍の寵愛を受けて、側役《そばやく》から側用人へ出世して大名になる者もいるが、松平伊豆守信綱《まつだいらいずのかみのぶつな》から田沼主殿頭意次《たぬまとのものかみおきつぐ》までを合わせても、両手で足りるくらいしかいない。

そんな天上の星を摑《つか》むような幸運を待つよりも、同じ立場の役人の足を引っ張ったほうが確実であった。

「解決できぬと貴殿は言われるか」

曲淵甲斐守がじっと牧野大隅守を見た。

「拙者が言っているのではござらぬ。被害に遭った商人がそのように申しておるのだ」


牧野大隅守が言い返した。

「だが、そのことを拙者に聞かせるというのは、そうだとお考えだからであろう。でなければ、そんな話をわざわざ芙蓉の間でするはずはない」

「……………」

曲淵甲斐守の言葉に、わざと牧野大隅守が黙った。

「沈黙は肯定ということかの」

小さく曲淵甲斐守がため息を吐いた。

「お役を退かれてはどうかの、大隅守どのよ」

「なっ、なにを言う。役を辞するのは、そちらであろう。町人から役立たずだと言われたに等しいのだぞ」

曲淵甲斐守の売った喧嘩《けんか》を牧野大隅守が買った。

「情けないことだ」

大きく曲淵甲斐守が嘆息してみせた。

「ぶ、無礼な」

「浜町に盗人が入ったのは三日前、夜中ゆえ、四日前でござる。こちらに盗賊被害があったとの届けが来たのが、三日前の昼ごろ」

「なるほどの」

聞いていた寺社奉行が納得した。

「それがどうした」

牧野大隅守は気づかなかった。

「南町奉行所は三日ですべての盗賊、下手人を捕まえてみせると言われるのだな」

「あっ……」

そこまで曲淵甲斐守に言われて、ようやく牧野大隅守が思いあたった。

「御坊主どのよ」

曲淵甲斐守が、部屋の隅で雑用を求められたときに応じられるよう控えていたお城坊主に声をかけた。

「はい、なんでございましょう」

お城坊主が反応した。

「奥右筆部屋へ行き、ここ一年の南町奉行所の捕縛状況についての書き上げを借りてきていただけまいか」

腰に差している白扇を曲淵甲斐守がお城坊主に渡した。白扇は城中での金代わりであり、曲淵甲斐守の場合は一本二分と決まっていた。

「これはありがとう存じまする。ただちに」

お城坊主が喜んで駆けていった。

「あっ、待て」

牧野大隅守がお城坊主を止めようとした。

「拙者の用を遮られるか」

曲淵甲斐守が声を低くした。

「……浅慮《せんりょ》であった」

絞り出すような声で、牧野大隅守が降参を告げた。

三日以内にすべての犯罪の決着を付けるなど不可能であった。何百、何千のなかには、その場で犯人を捕縛したり、翌日には解決したものもあるが、数えるほどであり、残りはかなりの日数を要している。さらに未だ片を付けられていない事件もある。

それを寺社奉行や大目付などの上役とはいえなくとも、格上の役人の前で証明されては面目を失うどころではなかった。それこそ、恥じて町奉行を辞めなければならなくなる。

「……………」

聞こえていながら、曲淵甲斐守は無視した。

「甲斐守どの」

牧野大隅守が曲淵甲斐守に正対した。

「言葉が過ぎた」

もう一度牧野大隅守が許してくれと言った。

「一度口から出た発言は取り消せぬものと拙者は思っていたが」

「うっ……」

曲淵甲斐守に責められた牧野大隅守が詰まった。

そもそも手出しをしたのは牧野大隅守である。それこそ藪《やぶ》を突いて蛇を出したのは、己《おのれ》なのだ。曲淵甲斐守のほうが正論であった。

「甲斐守どのよ、もうよろしかろう」

遣り取りを見ていた寺社奉行が間に入った。

幕府三奉行と呼ばれる寺社奉行、町奉行、勘定奉行のなかで、寺社奉行だけが大名役であり、筆頭格であった。

「能登守《のとのかみ》さまがそう仰せならば」

寺社奉行土屋《つちや》能登守篤直《あつなお》の仲裁を曲淵甲斐守は受けた。

「うむ。よくぞ退いてくれた。余の顔を立ててくれたの」

土屋能登守が満足そうにうなずいた。

「大隅守」

もう一人の寺社奉行牧野備中守貞永《びっちゅうのかみさだなが》が一門の牧野大隅守に苦い口調で語りかけた。

「一門ゆえ、口出しは控えていたが、そなたの態度は目に余る。甲斐守どのが許されたゆえ、これ以上は言わぬが、次になにかしでかしたときは本家筋として、そなたに代わって役目を辞する旨を御上へ申しあげるぞ」

「……はい」

厳しく叱られた牧野大隅守がうなだれた。

「あのう、これは」

走り出しかけて様子を見ていたお城坊主が曲淵甲斐守に問うた。

「白扇なら、そのままそなたのものじゃ」

最大の好敵手に痛撃を与えられたのだ。曲淵甲斐守は機嫌良く、用を果たさなかったお城坊主に白扇をくれてやった。

「しかし、町人がそのような不満を口にするとは、いかがなものか。目に見えての行動がなかったのか」

牧野備中守が、一門の牧野大隅守を哀れと見たのか、援護を口にした。

「すでに仁科屋から事情を聞き取っておりまする」

曲淵甲斐守がすぐに応じた。

「えっ……」

北町奉行所はまったく機能していないと思いこんでいた牧野大隅守が呆然とした。

「さすがは甲斐守じゃな。手抜かりはないの」

土屋能登守が曲淵甲斐守を褒めた。

「……………」

土屋能登守と寺社奉行の先、大坂城代、京都所司代、若年寄《わかどしより》を争う牧野備中守が不機嫌に黙った。

「みごと盗賊を捕まえてみせよ。そのときは、ご老中さまに、甲斐守のことをお耳に入れよう」

悔しそうな牧野備中守を横目に、土屋能登守が褒美をぶら下げた。

「かたじけのうございまする」

曲淵甲斐守が手を突いた。


内与力は町奉行所のなかで奉行と与力、同心たちとの間を取りもつのが、本来の仕事である。

亨は浜町での探索を切りあげ、曲淵甲斐守の帰宅に間に合うよう足を急がせた。

「おい」

日本橋を経由するより、増上寺の門前を右に曲がったほうが近いと判断した亨の前に上背のある男が立ち塞《ふさ》がった。

「なんだ。御用の途中である。邪魔をするな」

亨が役人であると最初に知らしめた。

「てめえ、おいらの顔を忘れたというのか。それとも、もうどうでもいい相手だから、気にも留めねえというつもりか」

男が激昂《げっこう》した。

「……悪いが知らぬ」

じっと男の顔を見るが、亨には覚えがなかった。

「北町奉行所同心だった五賀《いつか》だ」

男が名乗りをあげた。

「五賀……」

亨はそれでも思いあたらなかった。

同心は町奉行所に百二十人配置されている。二十五騎、実際は二十三騎しかいない、少ない与力はさすがに覚えられるが、内与力に就任以来、毎日が嵐のようだった亨である。とても同心すべての顔を覚えられてはいなかった。

「そのていどだというか、同心など」

より五賀が怒りを膨らませた。

「そうではないが、おぬしとかかわったことがあったか」

内与力は、その職務として年番方ともっともよくかかわる。代わって牢屋見廻り、養生所見廻り、高積見廻りなどとはまったく縁がない。

「……………」

五賀が黙った。

「その身形《みなり》から見ると、竹林と一心して奉行所から逃げ出した者だな」

町奉行所同心は、走れば風を含んで丸みを生み出す独特の巻羽織、袴《はかま》はなしの黄八丈着流しと、一目瞭然の格好を誇りにしている。それこそ、御用でなく、遊びに出るときでもその姿なのだ。

その同心が羽織もなく、黄八丈でもない木綿の着流しとなれば、職務を外れたとすぐにわかる。

「そうだ、そうだ。甲斐守のせいで、幕初から代を重ねてきた五賀の家は潰れた」

「お奉行さまのせいだと言うか。責任転嫁も甚だしい。己の醜態を省みる気もないようだな。どうしてそうなった。なぜ同心の職を失った。町奉行所の悪癖に浸り、それをあらためようとしたお奉行さまの邪魔をしたからだ」

「黙れ、黙れ。ずっと町奉行所がやってきたことだ。それは悪くない。これからも続けていかなければならないのだ。それを奉行ごときが……」

容赦なく罵倒《ばとう》する亨に、五賀がわめいた。

「おまえたちが要らぬことさえしなければ、今でもおいらは吉原の上客であった。それが、大門を入ったところで追い返される羽目に……」

五賀が亨を睨んだ。

「楓《かえで》は、拙者を待っているというに、見世が同心でなくなったなら、金を持ってこいなどと……無礼な」

「……このような者が江戸の治安を守っていただと」

恨み言を並べる五賀に、亨はあきれた。

「きさまらのせいだあ」

ふいに五賀が太刀を抜いた。

「死ね、死ね。おまえの首を甲斐守に届けてくれるわ」

五賀が太刀を振り回した。

「はあ、同心は武術をたしなむものではないのか」

太刀の勢いに引っ張られてふらつく五賀に、亨はため息を吐いた。

「やはり、吾が主は正しかった」

曲淵甲斐守の改革の価値を亨は再認識した。

「ちょこまかと、避けるな。黙って斬られろ」

五賀が無茶苦茶に太刀を振り回した。

「……面倒な」

亨が首を左右に振った。

増上寺は将軍菩提《ぼだいじ》寺ということもあり、庶民の参拝は少ないが、それでも人通りがないわけではない。剣術をまともにやったこともない五賀を片付けるなど、亨にとっては容易であるが、北町奉行所の内紛がまだ落ち着いていないときに、目立つのはまずかった。

「くそお」

いつまでもかわされた五賀が、やけになった。

身体《からだ》ごと亨へぶつかろうと迫ってきた。

「ふん」

亨は太刀に手もかけず、五賀の突進を避けつつ、足を引っかけた。

「わあ、わあああ」

勢いのまま五賀が転んだ。

「ぎゃ、ぎゃああ、切れた、血が出たあ」

転んだ拍子に己の太刀で五賀がふくらはぎを傷つけた。

「死ぬ、死ぬう。医者、医者を」

五賀が今にも死にそうな悲鳴をあげた。

「塩でもなすくっておけば、治るわ」

冷たく言い捨てて、亨は五賀に背を向けた。

「ああいった連中が町中に放たれた、これはお奉行さまにご報告せねばならぬ」

亨は急いだ。

第二章　嫉妬の矢

一

城中で恥を掻《か》いた牧野大隅守は、南町奉行所に戻るなり、戸川を呼び出した。

「きさま、なにを聞いてきた」

「な、なんのことでございましょう」

伺候《しこう》するなり怒鳴りつけられた戸川が困惑した。

「城中で……」

牧野大隅守が次第を語った。

「それは……」

戸川がなんとも言えない顔をした。

「もう一度仁科屋へ行って参れ。詳しくことを調べよ。よいか、吾が屈辱を晴らすには、北町よりも早く南町で盗賊を捕まえるしかない」

「ですが、月番は北町でございまする」

興奮する牧野大隅守を宥めるように、戸川が告げた。

「そのようなもの、どうでもよいわ。どうせ、盗賊をなすような者だ。余罪はいくつでもあろう。南町が月番であったときの事件と結びつければ、言いわけなどどうにでもなる」

「……はあ」

まちがいではないが、こちらの事件を調べるためという名分はあっても、月番の調べが入っているところへ顔を出すのはあまり褒められた所業ではなかった。

「きさまっ……奉行が辱《はずかし》めを受けたのだぞ。それを払拭《ふっしょく》するために、町奉行所をあげて取り組むのが当たり前であろうが」

鬱屈を牧野大隅守が、戸川だけでなく南町奉行所全体にぶつけた。

「…………」

戸川は口をつぐんだ。

「よいか、この盗賊だ。この盗賊を捕まえぬ限り、そなたは町奉行所へ戻ることを許さぬ」

「はい」

廻り方同心は、縄張りの治安が仕事であり、別段町奉行所へ顔を出さずともよい。連絡事項があれば、組屋敷まで報せてもらえばすむ。

文句を言わず戸川が首肯した。

「……やる気が感じられぬ」

牧野大隅守が戸川に絡んだ。

「一カ月じゃ」

「へっ」

いきなり言われた期限に戸川が唖然とした。

「今日から一カ月以内に、盗賊を捕縛するか、特定できねば、そなたは廻り方としての能力に不足有りとして、その任を解く」

「な、なにを……」

定町廻り同心は町奉行所でも花形になる。扶持《ふち》米の追加もある。なにより縄張りの商家から出される出入り金の実入りが大きい。

そのすべてを取りあげると牧野大隅守が言った。

「あまりのお言葉でございまする」

厳しすぎると戸川が抗議した。

「反論をするな。町奉行としての命である」

牧野大隅守が一蹴《いっしゅう》した。

「さっさと行け。解決したという報告以外で、そなたの顔を見ることは二度とない」

「…………」

無体な牧野大隅守だったが、奉行に逆らうわけにはいかない。戸川は無言で従うしかなかった。

廻り方同心の控えへ戻ってきた戸川の顔色に、まだ残っていた同心たちが驚いた。

「どうした」

「お奉行から呼び出されていたようだが、お叱りでも受けたか」

同僚たちが心配して、戸川の側に寄ってきた。

「…………」

力なく、戸川が腰を落とした。

「なにがあった」

「……頼む。手を貸してくれ」

異常事態だと気づいた同僚に、戸川が泣きそうな声を出した。

「手くらい貸してやる。なにがあった」

壮年の同心が戸川を促した。

「筆頭さま。じつは……」

戸川が牧野大隅守から命じられた内容を語った。

「一月《ひとつき》で召し捕りか特定までとは厳しい」

「無理だ」

聞いていた同心たちが口々に無茶だと言った。

「なんとかしてくれ」

「同じ廻り方のことだ。できるだけ助力をしてやらねばなるまい」

すがる戸川に筆頭同心が残っていた同心たちへ顔を向けた。

「まずは手口の確認だ。それは戸川、おまえがせい。仁科屋との面識があるのだろう」

「一度だけでござるが」

筆頭同心の問いに戸川がうなずいた。

「押し入ったのか、忍びこんだのか、奉公人を脅したのか、寝ている間にやったのか、それらがわからぬと調べようがない」

盗賊にはそれぞれの特徴があった。

一人で夜中に忍びこみ、音も立てず、跡も残さず、静かに盗っていく者から、徒党を組んで大勢で大戸を蹴破り、家人を縛りあげて、一切合切を持ち去る者、手当たり次第に殺して回る凶悪な者などがいる。

「皆は、その手口がわかってからになるが、縄張りうちで訊いて回れ。定町廻り、臨時廻り以外の者は、出かけた先で噂話を集めてきてくれ」

「承知」

「わかりましてござる」

指揮を執る筆頭同心に、他の者が首を縦に振った。

「すまぬ。恩に着る」

戸川が感謝した。


町奉行所の廻り方同心が、盗賊を追いかけるのは当たり前のことだ。ただ、そこには暗黙の決まりが、南北両奉行所の間にあった。

一つ目は火付《ひつ》け盗賊改《とうぞくあらた》め方《かた》に手柄を与えない。火付け盗賊改め方はお先手《さきて》組という徳川家の弓あるいは鉄炮《てっぽう》を持って、戦場での先陣を務める集団である。当然ながら、武に秀でた者ばかりだが、泰平の世では仕事がない。

そこに幕府の執政が目を付けた。力を遊ばせておくのはもったいないと、お先手組のなかから加役として火付け盗賊改め方を務めさせ、人数の少ない町奉行所では不十分とされる凶悪な犯罪者に対抗させた。しかも、その性質上、武に片寄り気味で、町奉行所の役人には許されていない切り捨て御免が認められている。

いわば、町奉行所の縄張りを侵す狼のようなものだ。当たり前のことだが、火付け盗賊改め方が手柄を立てると、町奉行所はなにをしているという非難を受ける。

評判が落ちれば、商家の対応が渋くなる。そうなれば、合力の金が減り、町奉行所役人たちの生活を直撃する。

　二つ目が縄張りを侵さないというものであった。北町あるいは南町が追っている犯人を偶然、別の奉行所が捕まえてしまうことはある。例えば、目の前でなにかをしたとかである。他人目《ひとめ》のあるところで乱暴狼藉《ろうぜき》などした者を見逃すことはさすがにまずい。しかし、そうでないときは、互いに融通を利かせる。北町が追っている犯人の痕跡を南町が見つけたらさりげなく報せ、南町が狙っている犯人の居場所を北町が知ったときは逃がさぬように見張りながら声をかける。これも八丁堀という狭い組屋敷に固められている町奉行所の与力、同心なればこそできる気遣いであった。

「戸川のためとはいえ、一言挨拶をしておかねばなるまい」

　筆頭同心が義理を通そうとした。

　泣きつかれた日の夜、南町奉行所の筆頭同心は、ほど近い北町奉行所筆頭与力左中居作吾の組屋敷を訪れた。

「……という次第でございまして、なにとぞご寛容のほどをいただきたく」

「ふうむ」

縄張り荒らしを認めてくれとの筆頭同心の願いを聞いた左中居作吾が腕を組んだ。

「すべての事情を聞かされておらぬようじゃ」

「それはどういうことでございます」

唸《うな》るように告げた左中居作吾に筆頭同心が怪訝な顔をした。

「儂は直接お奉行から聞いた。城中でな……」

左中居作吾が曲淵甲斐守と牧野大隅守の遣り取りを話した。

「……戸川め」

騒動の発端は戸川のうかつな報告にあると筆頭同心が気づいた。

「申しわけございませぬ」

筆頭同心が深々と頭を下げた。

「しかし、戸川の身分にかかわることでございまする。なんとかお認めをいただきたく、伏してお願いを申しあげまする」

仲間が原因でも助けたいと思うのは当然である。筆頭同心が頼んだ。

「まちがえてはいかぬ。我らが戸川に斟酌《しんしゃく》する理由はない。そやつが馬鹿をしでかしたおかげで、北町奉行所は役立たずだという印象を寺社奉行さまを始めとする皆様方に植え付けられかけたのだ」

「……」

正論に筆頭同心が黙った。

「それをしくじったからといって、こちらに尻拭《しりぬぐ》いを求めるのは、いささか甘えすぎだと思うぞ」

「わかっておりまする。わかっておりまするが、戸川も同心になって二十年、ようやく廻り方同心になったばかりで、これからようやく余裕が……」

筆頭同心が必死になって同情を引き出そうとした。

「おぬしの思いもわかる。儂とて八丁堀の一人だからの」

「で、では……」

左中居作吾の言葉に、筆頭同心が声を明るくした。

「ゆえに咎《とが》めはせぬ。本来ならば、北町へ手出しをしたのだ。少なくとも隠居させるべきだが、それを見逃してやる」

仲間同士だからこそ、裏切りには厳しい。同心の隠居は当たり前にあるが、廻り方同心になったばかりでは、まだ息子は見習い同心として出務していない。同心の相続は、病死などでない限り、息子あるいは娘婿が見習い同心として町奉行所へ出て、独特の慣習や職務のこなし方を覚えてからおこなわれる。少なくとも数年は見習いの期間があり、それをこなさないと一人前とは見なされず、花形である定町廻り方同心はもちろん、年番方や吟味方などの出世とされる部署への配属はなくなった。そして、同じ町奉行所同心仲間で奪い合う定町廻り方同心という六人しかいない格別な席につくには、その数年が致命傷になった。

「……かたじけのうございまする」

正式に左中居作吾が北町奉行所筆頭与力として、南町奉行所の筆頭与力へ抗議をすれば、戸川は無事ではすまない。それを見逃してやると左中居作吾は言ったのだ。筆頭同心が礼を言うのは当然であった。

「その代わり、縄張りをこえることは許さぬ」

「……それは」

戸川を救う手伝いを北町奉行所はしないと宣した左中居作吾に、筆頭同心が絶句した。

「ただし、町奉行所の役人は盗賊を追うのが仕事である。浜町に足を踏み入れぬというならば、そちらが縄張りのなかでなにをしようとも、北町は関知せぬ」

「……………」

手伝いはしないが、邪魔はしないと左中居作吾が言ったのだ。今までの経緯から拒まれると思っていた筆頭同心が息を呑んだのも無理はなかった。

「ありがたく、ありがたく存じまする」

「これはな、貸しだ。北町から南町への貸しだ。近いうちに返してもらうぞ」

喜ぶ筆頭同心に、左中居作吾が冷たく宣した。

二

増上寺門前で、喜劇を演じた五賀の醜態は、物見高い者たちによって伝えられ、噂好きの江戸の庶民が飛びついたことで、あっという間に江戸中に拡がった。

「五賀が馬鹿をした」

苦虫を嚙み潰したような顔であきれたのは、やはり竹林一栄と組んで北町奉行所を放り出された与力の一人であった。

「しかし、佐田《さだ》さま、五賀の気持ちもわかりまする」

同席していた若い男が五賀への同情を口にした。

「己の境遇が変わったことにさえ気づかず、吉原で門前払いを喰らうだけでも恥ずかしいというに、それ以上の醜態をさらしたのだ。馬鹿と言わず、なんと言う」

佐田と呼ばれたもと与力が若い男に応じた。

「たしかに佐田さまの仰せの通りではございますが、あのことがなければ、五賀もまだ町方同心でおれました。あのような恥ずかしい姿を見せずともすみました」

「高中《たかなか》、そなたも不満を飲みこめておらぬのか」

佐田が声を低くした。

「……いえ、それは」

高中と言われた若い男がうろたえた。

「若いな。表に動揺を見せるようでは、とても定町廻り方同心なんぞ務まらぬぞ」

すっと佐田が雰囲気をやわらげた。

「はっ、はい。申しわけございませぬ」

高中が安堵の息を吐いた。

「儂も腸《はらわた》は煮えくりかえっておる。やっと吟味方与力になったところであったからな」

佐田がため息を吐いた。

町奉行所同心の花形が、隠密《おんみつ》廻り、臨時廻り、定町廻りの三廻りと言われているのと同じく、与力では年番方と吟味方が出世頭だとされていた。

「いずれは竹林の跡を継いで筆頭与力になると思っていたのだが、誤ったわ」

かつての上司を佐田は呼び捨てにした。

「竹林の機嫌を取って引き立ててもらおうと考えたのもあるが、町方のことなど何も知らぬ奉行ごときに負けるとは思いもせず、泥船に乗ってしまった」

佐田が後悔を口にした。

「左中居の様子がおかしくなったときに気づいておくべきであった」

竹林一栄と左中居作吾は吟味方、年番方を預かる者として、北町奉行所を引っ張るまさに両輪であった。両者の仲も悪くなく、当初は手を組んで曲淵甲斐守の奉行所改革に抵抗していた。それが最後の最後で手を離したのだ。

「噂にはなっていたのだが……」

左中居作吾が竹林一栄の招聘《しょうへい》にも、多忙を理由に応じなくなった。

「あそこで見限っていれば、今ごろは吟味方筆頭与力の座に就けていたろう」

佐田が唇を噛んだ。

「では、佐田さまも奉行に恨みを」

高中が同じではと身を乗り出した。

「恨みはある。だが、それを晴らす気はない」

「なぜでございますか」

首を横に振った佐田に、高中が問うた。

「もう一度、町奉行所へ戻りたいと思わぬか」

「……思いまする」

訊かれた高中は一瞬驚いたが、すぐにうなずいた。

「儂は、その目があると読んでいる」

「まことに……」

高中が目を大きくした。

「考えてもみろ。我らの抜けた穴を埋められると思うか」

「家督を継げなかった次男、三男を北町、南町のしきりなしに引きあげていると聞きましたが……」

尋ねた佐田に高中が見聞きしたことを告げた。

「人員の数だけならば、揃《そろ》えられよう。だが、職務はどうだ。昨日まで家も継げず、見習いにも出られなかった者が、いきなり今日から吟味方与力や、定町廻り同心の職務をまっとうできるはずなかろう」

「はい」

佐田の言いぶんに高中は強く同意した。

「つまり、今の北町奉行所は機能を失っている。八丁堀に生まれ育った者でも、現役でなければ知らぬ決まりは多い。たしかに一年もあれば、皆を一人前にできようが、そこまでの余裕はない。江戸の町を守るのに待ったはないのだ」

激しい語調で佐田が続けた。

「さらなる高みを目指している奉行が、それを認められるか。まちがいなく奉行所の動きの悪さに不満を持つ。そのときこそ、我ら手慣れた町方の出番だ。かならずや、町奉行所から、我らに声がかかる」

「まさに、まさに」

話を聞いた高中が興奮した。

「そのときを待つ。ゆえに片身の狭い思いをしながらも、一族の組屋敷に間借りをしているのだ」

佐田と高中は、町奉行所を出された後も八丁堀に寓居《ぐうきょ》していた。

「待ちまする」

高中が首肯した。

「とはいえ、黙って引きこもっていては、誰の目にも留まらぬ。なにせ、我ら同様に放逐された者は多い。五賀のように愚かなまねをした者に、町奉行所が手を差し伸べることはなかろうが、その他の放たれた者が引き立てられることは考えられる」

「…………」

「わからぬか。引き立てられる者の数は少ないぞ。すでに席は揃っているのだ。与力は定員に欠員が端からあるとはいえ二名。同心は我らより早く放逐された隠密廻りだった某の席を含めても十名には届くまい」

八丁堀から次男、三男を取りあげたとはいえ、同心の数を揃えるほどではなく、あまり重要ではない職務に欠員が出ている。それを佐田は親戚や知り合いから聞かされていた。

「早い者勝ちだと」

「ただし、早いだけではならぬ。役立たずとか、次も裏切るかも知れぬ者など、あの甲斐守さまが認めるはずはない」

呼び捨ててきた曲淵甲斐守に佐田が敬称を付けた。

「手柄を土産に復帰を願う……」

「そうだ」

窺《うかが》うように言った高中を佐田が肯定した。

「……手柄とは、まさか」

「竹林を捕まえる。いや、捕まえずともよい。居場所を見つけ出して、甲斐守さまにお報せし、竹林との決別と甲斐守さまへの忠義を示す。そこまですれば、きっと我らの復帰は叶う」

「もう一度、十手《じって》を握れる……」

佐田の話を聞いた高中が、小さく震えた。

「いいな、高中」

「やりまする」

念を押した佐田に、高中が声高く誓った。

亨からの報告などを含めて、曲淵甲斐守は隠密廻り同心江崎羊太郎《えざきようたろう》を呼び出した。

「当分の間、そなたに浜町付近を預ける」

「仁科屋の一件を片付けろと」

すぐに江崎羊太郎が読み取った。

「人員は好きに使え」

曲淵甲斐守が告げた。

「人手は不要でございまする。手慣れていない者は、かえって足手まといでございますれば」

江崎羊太郎が断った。

「そうか。では、金を遣え」

懐から金包みを曲淵甲斐守が取り出した。

「二十五両……」

同心の年収、その二倍をこえる大金に江崎羊太郎が息を呑んだ。

「これは儂の手元金じゃ。好きにせよ。余っても返さずともよい。その代わり、足らなければ、そちが出せ」

「お返しせずとも……」

江崎羊太郎が目を剝《む》いた。つまりは裏切るなとの意味であった。

「二度言わすな」

曲淵甲斐守が機嫌を悪くした。

「申しわけございませぬ。ありがたくちょうだいをいたしまする」

金包みを一度押しいただいてから、江崎羊太郎が平伏した。

「下がれ。よい報告を待っておるぞ」

捕まえるまで帰ってくるなと曲淵甲斐守が手を振った。

「はっ」

引き受けた江崎羊太郎が、同心控えへと戻った。

「おう、お呼び出しだったたらしいな」

同心控えでは、定町廻りの石原参三郎《さんざぶろう》が待っていた。

「ああ」

江崎羊太郎が石原参三郎の前に腰を下ろした。

「早いの」

まだ昼を過ぎたところである。なのに定町廻りの石原参三郎が町奉行所でくつろいでいることに、江崎羊太郎が怪訝な顔をした。

「まだ、あの余波があってな。おいらの縄張りはまだいいのだが……」

石原参三郎が頬をゆがめた。

竹林一栄が曲淵甲斐守の足を引っ張るために、町廻りの手を抜けと命じたとき、石原参三郎はその危うさを危惧《きぐ》して指示を無視し、いつも通りに見廻りを重ねた。おかげで石原参三郎の縄張りは荒れることなくすみ、出入りの商家も従来と同じ態度を続けてくれた。しかし、竹林一栄に同調した定町廻り同心の縄張りは、盗賊や無頼の跳梁跋扈《ちょうりょうばっこ》を許し、それに伴って商家たちも北町奉行所から離れていった。

結果は、竹林一栄が敗退、それに与《くみ》した者たちも職を追われた。その空いた席に、深川見廻りだったり、養生所見廻りだったりした同心が就いた。さすがに定町廻り同心という要職に、新人を配置するわけにはいかないとの理由だったが、それでもいきなり従来の仕事をこなせるわけではない。なにより、縄張り内の商家たちが収まっていないのだ。

「金だけ受け取っておきながら……」

「盗人より質《たち》が悪い。盗人ならば捕まえられるが、同心はそのままではないか」

商家たちの不満は大きい。とても手慣れていない、定町廻り同心になったばかりの者など相手にしてもらえるはずもなかった。

「応援を求められるのでな」

石原参三郎の評判は一気にあがった。石原参三郎が出ていけば、新人を鼻先であしらっていた商家も、話くらいは聞いてくれる。

「ご苦労なことだ」

江崎羊太郎が感心した。

「町奉行所を崩すわけにはいくまいが」

石原参三郎が苦笑した。

「そういえば、五賀のことを聞いたか」

ふと石原参三郎が思い出したように、江崎羊太郎へ問うた。

「聞いたわ。もともと肚《はら》の浅い奴であったが……」

嫌そうな顔で江崎羊太郎が続けた。

「恥をさらしてくれた。まったく、北町奉行所が大いに揺れているときに、そのもととなった者が、醜態を……」

江崎羊太郎が吐き捨てた。

「なあ、江崎。五賀だけで終わると思うか」

「……石原、おぬし、他にも馬鹿が出ると」

低い声で言う石原参三郎に、江崎羊太郎が険しい顔になった。

「馬鹿ならばいいが……わざとしでかす奴がな」

「なんのために……いや、北町の名前を貶めるためか」

石原参三郎の懸念を江崎羊太郎が理解した。

「古巣を汚してなにをしたいと」

江崎羊太郎がわからないと首を横に振った。

「己を不要とした古巣など、滅びてしまえという復讐心と、あの騒動を生き残った我ら、そしてできた欠員の補充にと選ばれた連中への嫉妬《しっと》」

「なんとも醜い話だが、ありえるの」

推測を並べる石原参三郎を、江崎羊太郎が認めた。

町奉行所の役人は、きれいごとでやっていけるものではなかった。庶民と密接にかかわるため、その日暮らしの悲哀、今喰うものがない連中の無謀さ、他人のものを奪う者たちの傲慢《ごうまん》さなど、人の汚い部分と向き合ってきた。

かつての同僚たちが陥る心境を石原参三郎も江崎羊太郎も無理はないとわかっている。

「だが問題は、そこではないのだろう」

江崎羊太郎が、石原参三郎を見つめた。

「……さすがだな」

石原参三郎が江崎羊太郎を褒めた。

隠密廻り同心は、功績を重ねた老練の同心が一人だけ任命される。町奉行の直属となり、筆頭与力といえども指図はできなくなる。禄が従来通り支払われるだけでなく、町奉行個人から手当が出された。町奉行所同心の出世の最高峰であり、跡継ぎとなる息子の出世も約束される。

「利用する者が出る」

「出るだろうな」

二人の意見が一致した。

「富くじの利権で我らに一歩退かされた寺社奉行所、町奉行所の評判を落とし、それを踏み台に地位を上げたい火付け盗賊改め方、町奉行所の内紛に付けこみたい無頼の連中……」

石原参三郎が指を折った。

「あとは南町奉行さまだな」

「……………」

最後の名前を口にした江崎羊太郎に石原参三郎が無言でうなずいた。

「お奉行さまもお気づきだ。先ほどな……」

江崎羊太郎が曲淵甲斐守から命じられたことと二十五両という金をもらったこと

を話した。

「たいへんだな」

石原参三郎が江崎羊太郎の苦労を慮《おもんぱか》った。

「おいらも気にしておく」

「頼む」

噂話というのは、軽々に扱っていいものではなかった。火のない所に煙は立たないというのは、一種の真理でもあるのだ。

「石原さま」

同心控えに、新任の同心が駆けこんできた。

「どうした」

「自身番が、立ち入りを拒んでおりまする」

同心が告げた。

自身番は町内を仕切る木戸側に設けられており、町内の出入りを監視する役目を担っている。わずか南北合わせて十二人の定町廻り同心で江戸の治安を維持できているのは、この自身番のおかげといってもいい。

「なにもないか」

「へい」

この遣り取りだけで、その町内に異常がないとわかる。

「どうした」

「浪人者がどこどこの長屋に居着いたようでございまする」

「わかった。暴れるなと釘《くぎ》を刺しておこう」

自身番の報告で、定町廻り同心が動き、目を付けているぞと教えることで犯罪を抑止もできる。

「見慣れない男が……」

町内の者の顔を自身番は覚えている。その自身番が記憶にないとなれば、まず怪しい。自身番の不審から捕まえられた手配犯は多い。

自身番は町奉行所の耳目といえた。

その自身番に北町奉行所の定町廻り同心が入れない。これは、町内が北町奉行所を信用していないとの意思表示になった。

「わかった。江崎、また後だ」

石原参三郎が立ちあがって、同心控えを後にした。

「……前途多難だな」

江崎羊太郎もため息を吐いた。

三

江崎羊太郎に主体は移されたが、亨の盗賊捕縛の任は解かれたわけではなかった。

「播磨屋におる者どもなら、江戸の闇にも詳しかろう。多少の借りを作るが、それくらいならばどうにかできる」

曲淵甲斐守は、出し惜しみはしないと言った。

「南町奉行所に後れを取るな。折角、牧野大隅守を蹴落とせる好機なのだ」

「……はっ」

盗賊捕縛の目的が違っている。とはいえ、武士にとって主君の言葉は絶対である。

亨は指示を受けた。

若さからくる忸怩《じくじ》たる思いを胸に播磨屋を再来した亨は、播磨屋の用心棒をしている二人の浪人を探した。

「志村《しむら》どのか、池端《いけはた》どのはおられぬか」

「来るなり、男はんをお探しですか」

応対した咲江が不満そうに横を向いた。

「御用でござる」

あけすけな好意を隠そうともしない咲江を、亨は好ましいと感じるようになっていた。しかし、今日はその相手をしている余裕はない。

「男はんは、なんかあると御用、御用って。父はんと同じや」

咲江が拗《す》ねた。

「お奉行さまのご命なのだ」

「……甲斐守さまの」

亨が曲淵甲斐守の名前を出した途端、咲江の対応が変わった。なにせ、曲淵甲斐守の一言で二人の婚約はなったのだ。

「甲斐守さまのお指図なら、ちゃんとせな。城見さま、池端さまらならば、裏の蔵通りにいてはります。こちらへ」

咲江が下駄を突っかけて、亨を案内しようとした。

「いや、蔵ならばわかっている」

咲江は掠われかけたばかりである。亨が行きかたなら知っていると断った。

「城見はんがご一緒やったら、大事おまへん」

咲江がさっさと店の外へと出た。

播磨屋もそうだが、堀沿いに店を持つところは、どこともそちら側に蔵を建てる。重い荷物などは船を使ったほうが、荷車などで運ぶよりもはるかに楽だからだ。

当然ながら、荷を納める人足なども出入りするだけに、蔵と店との行き来には制限がかけられていた。

荷運び人足を装って、盗賊などが店に入りこみ、どこになにがあるとか、どこで奉公人が寝ているかなどを探られても困る。

蔵と店の行き来をする扉の鍵は、播磨屋伊右衛門か、番頭しか持っていなかった。

「……久しぶりやわあ」

外に出た咲江がうれしそうに周囲を見回した。

「あれから外出はしていないのか」

「危ないと出してくれまへん。うちは子供かいな」

亨の質問に咲江が首を横に振った。

「それだけ大切にされているのだろう」

「わかってますねんけど、一日家に閉じこもってたら、息が詰まりますえ」

うなずきながらも咲江が不満を口にした。

「では、出てはならぬだろう。店に……」

亨が戻ろうと言いかけた。

「城見さまと一緒やったらかまへんと大叔父が」

播磨屋伊右衛門の許可は得ていると咲江がほほえんだ。

「…………」

うれしそうな咲江の表情に亨は一瞬見とれた。

「どないしはりました」

咲江が亨の顔を覗《のぞ》きこんだ。

「ち、近いぞ。咲江どの。嫁入り前の娘が、男に近づきすぎるのはいかがなものか」

亨があわてた。

「なにを言うてはりますのん。城見さまとわたしは許嫁。近くてもおかしいことおまへんえ。おかしいお方」

咲江が声をあげて笑った。

「そ、そうか」

亨が目を逸《そ》らした。

「あっ、志村はん、あそこに」

咲江が蔵の前に立ち、荷運びを見張っている志村を見つけた。咲江の顔が離れていった。

「おおっ」

ほっと息を吐きたいのをごまかすため、亨がわざと声を漏らした。

「城見氏《うじ》か。どうした」

志村も気づいた。

「勘弁してくれ」

氏呼びに、亨は苦笑した。

「命を預け合った仲だろうが」

「いや、お偉い内与力さまを呼び捨てにはできまいが」

亨の苦情に、志村が口の端を吊り上げながら答えた。

「……………」

「わかった、わかった」

黙った亨に、志村が降参だと手を上げた。

「で、今日はどうした。お姫さまのご機嫌伺いか」

志村が荷運びを興味深げに見ている咲江に顔を向けた。

「いや、ちとおぬしと池端どのに訊きたいことがあってな」

「……我らに訊きたいこと……裏の話か」

志村の雰囲気が変わった。

今は播磨屋伊右衛門に雇われているが、志村は一時刺客を生業としていた。

「ああ」

咲江の耳に入らないよう、亨が声を潜めた。

「なんだ」

「盗賊のことだが、知っておるか」

促した志村に、亨が問うた。

「浜町の仁科屋だな。播磨屋どのから、おぬしが調べていると聞いていた」

志村が応じた。

「どんな感じであった」

「表戸は無事だったと思う。吾が行ったときは開けられていたが、破られていたならば大工が入っているはずだ。ただ、金箱は……」

亨が話し始めた。

「……金箱は破壊されていたか。大戸は壊されず、金箱だけ……」

志村が考え始めた。

「思いあたる者が」

「ちと待ってくれ」

亨を制し、志村が蔵へと近づいた。

「池端氏、城見が来ている」

「おう」

呼びかけた志村の声に、蔵のなかから応答があった。

「……どうした」

池端が亨を見た。

「仕事中にすまぬ」

咲江を囮《おとり》とした策の指揮を執ったのは池端であった。その実力と人柄には亨も一目置いていた。

「かまわぬさ。播磨屋どのから、おぬしのことを最優先にと言われている」

池端が気にするなと手を振った。

「申しわけないの」

亨が恐縮した。

「池端氏は、大戸を壊さず、静かに忍び入ったくせに、金箱だけは叩き潰す盗人に心当たりをお持ちではないか」

志村が代弁した。

「金箱だけを潰す……いたな、そういった盗人が」

「ご存じか」

池端の言葉に亨が喰い付いた。

「耳にしたことがあるというていどで、どこの誰かまでは知らぬが……たしか深川か本所を根城にしていたはずだ。それが浜町まで」

「陰蔵がいなくなった影響か」

ちらと池端に見られた志村がため息を吐いた。

「だろうな。これは面倒になった」

同意した池端がため息を吐いた。

「面倒……」

一人わからない亨が首をかしげた。

「江戸の闇の地図が塗り替えられるということだ」

志村が教えてくれた。

「どういう意味だ」

「陰蔵はな、あのていどながら江戸の闇を仕切る大物の一人だったのよ。縄張りも広く、抱えている人数も多い。その陰蔵が配下共々いなくなった」

「縄張りが空いた」

「そうだ」

亨の答えを志村が認めた。

「縄張りが金を生むのはわかるの」

「もちろんでござる」

確認する池端に、亨は首肯した。

「このようなことを内与力どのに話してよいかどうか……知ってもらっておくべきか」

池端が迷った。

「教えてもらいたく」

亨が要求した。

「清濁併せのむ。それができねば、町奉行所の役人なぞできぬか」

願った亨に池端が納得した。

「陰蔵だけではないがな、縄張りの親分というのは、一種の歯止めでもあるのだ。いや、歯止めというのはまちがいだ。歯止めといえば、よい意味になる。親分は縄張りを独占する。吾が身だけのために縄張りはあると思っておる」

池端が語り出した。

「縄張りで得た金はすべて己のもの。配下たちが凌ぎで奪ってきたものの上前をはねるわけだ。そのなかには盗賊も入る」

「盗賊も……」

亨が驚いた。

「盗賊がどこかに入って百両盗んだ。そうしたら、できるだけ早く手にした金の三分の一か半分かは知らぬが、親分へ上納しなければならない。せずに逃げ出せば、追っ手が出る。その代わり、町奉行所に見つからぬよう、隠れ家などを提供してやる」

「むう」

陰蔵の悪辣《あくらつ》さに、亨が唸った。

「となればだ、己の支配下にいない盗賊が、縄張りで仕事をしたら……」

「金は入ってこない」

「だの。そしてそれを許せば……」

「配下の盗賊が不満を抱く。なぜ、こちらは金を出さなければならないのかと」

池端の問いに亨は答えた。

「そうだ。親分としての支配を揺るがす事態に発展しかねない。それだけではない。盗賊のなかには刺客をしていてもおかしくないほど、気配を消すのがうまい奴がいる」

「命を狙われる」

亨は息を呑んだ。

「そうそう盗賊に殺される親分はいないが、配下の盗賊が姿を消せば、不安になるだろう」

「まさに」

述べる池端に亨が首肯した。

「それを防ぐには、支配下にない盗賊の縄張り侵入をさせないに限る。そして、蛇の道は蛇、縄張り外の盗賊が入ってきたら、そこの盗賊が気づく。さすれば、親分が動く。外から来た盗賊を追い払うわけだ。こうして、縄張りのなかは一応の安寧を保つ。もちろん、これは闇の者たちの都合で、普通の町民には迷惑なだけだがな」

池端が苦い顔をした。

「陰蔵がいなくなったことで、日本橋付近の出入りが自在になった。そのため本所や深川の盗賊が、浜町まで足を延ばした」

「おそらくだがな。志村」

亨の結論を肯定した池端が、志村を見た。

「……わかった」

頬を盛大にゆがめながら、志村がうなずいた。

「任せていいか」

志村が蔵のほうに目をやって池端に尋ねた。

「ああ。姫さまのことを含めて、やっておく」

池端が首を縦に振った。

「行くぞ、城見」

志村が亨を誘った。

「ああ……」

ちらと亨は咲江に目を走らせた。

「どうぞ、お気を付けて」

目が合った咲江がにこやかに小腰を屈《かが》めた。

「珍しい」

思わず池端が驚きを口にした。

「御用のお邪魔はいたしまへん。それが町方役人の奥」

咲江が誇らしげに胸を張った。

「奥か。逃がす気はなさそうでございますな。よほど気に入られたと見える」

雇い主である播磨屋伊右衛門の親族になる。亨とは違ったていねいな口調をしながら池端が苦笑した。

「当たり前やんか。でなければ、大坂で大人しゅうどこぞの商人の嫁になってるわ。そっちのほうが贅沢できるし」

咲江も砕けた。

大坂商人は大坂町奉行所の役人との縁を欲しがる。財産でいえば、商家が百倍以上裕福だが、大坂町奉行所の役人が持つ権は商いにとって大きな武器になるからだ。

大坂の物価を左右できる諸色方で筆頭同心を長く務める西二之介の娘とあれば、

鴻池《こうのいけ》や越後屋でも喜んで嫁に迎える。

「惚れた腫れたは、別ものということですか。金よりも」

「そうや。女ちゅうのは、一回決めたらしつこいもんやで。それにな、贅沢ちゅうのは慣れたら当たり前になるやろ。その点、城見はんは退屈させてくれへんと思うし」

確かめるような池端に咲江が答えた。

四

志村の左側を亨は歩いていた。

これは志村の気遣いであった。左腰に太刀と脇差を差す武士は、抜き撃ちに右を攻撃しやすい。逆に左側は抜いてから、一度刃を翻さなければならない。その差が勝負を左右することは多い。

志村はそれを理解しているがゆえに、亨への敵対心はないという証明と同時に、信用しているとの意思表示として、左を譲ったのである。

「どこへ行く」

歩きながら亨が問うた。

「本所だ。本所松井町一丁目、山王稲荷」

ぼそっと志村が地名だけを告げた。

「機嫌でも悪いのか」

無口な志村ではあるが、普段ならばもう少し愛想も見せる。その志村のつっけんどんな態度に亨が驚いた。

「悪くはない。いや、悪いな」

志村が一度否定しながら、肯定した。

「仕事を邪魔したからであれば、詫びよう」

己のせいだとしたら申しわけないと亨が謝罪を口にした。

「違う。おぬしのせいではない。今から行くところが……」

盛大に志村が表情をゆがめた。

「どういうことだ」

「本所を縄張りにしている旅所の親分と呼ばれる黒兵衛《くろべえ》が嫌いなのだ」

志村が本気で嫌そうに言った。

「旅所の黒兵衛」

「山王稲荷の門前町を旅所と言うのだ。そこに家があるから旅所の親分と呼ばれている」

怪訝そうな顔をした亨に、志村が告げた。

山王稲荷にはご神体はなく、幣束《へいそく》だけが祀《まつ》られている。こういった神社の周囲を旅所と言った。

「なぜ、そこまで嫌う」

「………………」

理由を亨が問い、志村が黙った。

「無理には訊かぬ」

「たいしたことじゃねえ。去年まで吾は黒兵衛の下にいた。それだけのことだ」

言いたくないならば構わないと手を振った亨に志村が淡々と述べた。

「そうか……」

亨が引いた。

日本橋から本所は遠い。両国橋を渡るとなれば、かなり遠回りにもなる。

「おい、船頭。向こうへ渡しちゃくれねえか」

大川の川縁で煙草を吸って休憩している漁師に志村が声をかけた。

「よろしゅうござんすがね」

船頭が煙管を船縁で叩いて、じっと志村を見た。

「これでいいか」

志村が波銭を五枚渡した。波の文様が入れられていることでそう呼ばれている銭は一枚四文であった。明和五年（一七六八）から鋳造された四文銭は、一年で二十一波あった文様が十一波に減るという経緯を経たが、質が高く庶民には歓迎されていた。

「もう一枚」

船頭が要求した。

「わかった」

志村がもう一枚出した。

「乗っておくれなし」

船頭が煙管を懐に落として、促した。

常設の渡し船は、幕府の許可が要るが、こういった頼まれ船は珍しい話ではなかった。

「金を……」

船のなかで亨が銭入れを手にした。

「気にするな。どうせ、後で播磨屋どのからもらう」

志村が受け取りを拒んだ。

「しかし……」

「借りておけ。商人を、とくに大商人を相手にするときは、うまく借りを作るのがこつだ」

申しわけなさそうな亨へ、志村が助言をした。

「うまく借りを作る……」

「難しいがな。商人というのはな、権を持たぬだろう」

首をかしげた亨に志村が告げた。

「対して武家は金はないが権を持つ。極端な話だが、幕府はいつでも商人から金を取りあげられる。それだけの権があるからな」

「いきなりそんなまねはせんぞ。恣意《しい》のままに無体を仕掛けては、江戸の町が成りゆかぬ」

志村の説を亨が否定した。

「たとえだ、たとえ。実際はしないだろうが、できるだろう」

「……できるな」

確認する志村に亨はうなずくしかなかった。

基本、商家へ年貢を求めてはいないが、運上という名の献上金を幕府は商家へ求めることがある。この運上の嵩《かさ》を決めるのは、商家ではなく幕府であった。

「それを拒めばどうなる。武士は力だ。あっさりと商家を押し潰す。そうなったら困るだろう」

「出入り金か」

ようやく亨は理解した。

「そうだ。金をもらえば借りができる。たとえ立場が上であっても、金の力は大きいからな。そして借りができれば、遠慮をすることになる。あるいは、手心を加える気になる」

「たしかにな」

今でこそ、町奉行所の内与力として、八十石をもらっているが、もともと城見家は曲淵甲斐守の家臣で六十石である。旗本の家臣は四公六民と決められているので、実収入は二十四石しかない。全部を金に換えても二十四両足らずにしかならないのだ。住む家はお屋敷に長屋を与えられているため家賃は要らないが、二十四両、月にして二両で生活をしつつ、武士としての体面を保つのは難しい。それこそ波銭一枚といえどもおろそかにはできない生活だけに、金のありがたみを亨はよく知っていた。

「なるほど、それが借りか」

亨が理解した。

「貸し借りで言うのはなんだが、商人と長く、うまくつきあうならば、借りを作っておけ。ただし、いつでも返せる範囲の借りだ。返せないほどの借りを作るなよ。それはもう、借りではなく恩になる」

「恩はまずいな」

志村の忠告を亨は認めた。

武士にとって恩とは、主君に対する忠と同じ意味を持つ。恩はかならず返さなければならない。

「おぬしの場合は、大丈夫だろう。どれほど大きな借りを作っても、姫さんを嫁に迎えれば、それで帳消しにしてもらえるぞ」

志村が笑った。

「………」

亨が憮然とした顔をした。

「着きますぞ。船縁を摑んでくだされや」

船頭が対岸へ到着したことを報せた。

本所は深川と並んで葦《あし》の生え繁る湿地帯であった。それが江戸の城下を拡張するために開拓された。だけにあちこちに水路があり、町を仕切っていた。

「あれが山王稲荷だ」

志村が指さした。

「意外と小さいのだな」

見た亭が感想を述べた。

「九尺（約二・七メートル）間口だからな」

本殿へ軽く頭を下げながら、志村が告げた。

「さて、行くか」

大きくため息を吐いた志村が止めていた足を前に出した。

「先生、志村先生じゃござんせんか」

「……太助《たすけ》か」

はずむような声に、志村が面倒そうに応じた。

「帰ってきてくださったんでござんすね」

太助と呼ばれた若い男が喜んだ。

「いいや、用があったから来ただけよ」

志村が首を左右に振った。

「そんなあ」

情けない顔を太助が見せた。

「黒兵衛は家か」

「へい」

問うた志村に太助がうなずいた。

「会いたいと伝えてくれ」

「お待ちを」

太助が志村の求めに応じて走り出した。

「知り合いか」

「昔のな」

表情を変えず、志村が答えた。

「どうぞ、お出でくださいやし」

待つほどもなく、太助が戻ってきた。

「そうか……行こう」

志村が亨を誘って歩き出した。

旅所の親分と呼ばれる黒兵衛の家は、山王稲荷の門を過ぎてすぐのところにあった。

「邪魔をする」

目立たないしもた屋の格子戸を志村が開けた。

「奥へどうぞ」

太助がここから先に立った。

「黙っていてくれよ。ここは江戸の裏だ。表の事情を振り回しても通じねえ。話はこちらですませる」

しもた屋へ上がる前に志村が釘を刺した。

「わかった」

亨が首肯した。

しもた屋というのは、もとは小さな商家だったのを、店じまいしたことから、しもうた屋と言われるようになったもので、さほど大きな家屋ではない。土間を上がると二つほどの座敷を通過して、奥座敷に行き当たる。

「おう、志村先生、久しぶりだな。どうしたい。喰えなくなって帰ってきたかい。結局、裏稼業は表で生きちゃいけねえんだよ。ようやく、わかったか」

志村たちが顔を出すなり、失礼な言葉が飛んできた。

「配下を締められなくなった親分に面倒を頼むことはない」

しっかりと志村が言い返した。

「どういうことだ。次第によっちゃ、無事に本所を出られねえぞ」

力を失ったと宣された黒兵衛がすごんだ。

「できるならやってみるがいい。縄張りの維持ができなくなるだけだ」

少しも動じず、志村が応じた。

「いくら腕が立つといっても、一人でどれほどの……」

「一人じゃない。吾より腕の立つこいつと二人だ」

まだ脅そうとした黒兵衛に志村が亨を紹介した。

「…………」

黒兵衛が黙って、亨を見つめた。

「太助」

「へい」

亨の後ろで右手を懐に入れていた太助が志村の呼びかけに返答した。

「匕首《あいくち》にかけている手を出しておけ。背中から斬りつけたところで、傷一つ負わせることなんぞできんぞ。それに、抜けば、ただちに敵になるぞ」

「……すいやせん」

太助が手を出した。

「陰蔵を潰したのは、こいつだぞ」

「……うっ」

志村に言われた黒兵衛が目を大きくした。

「わかった。で、配下を締められていねえというのはどういうことだ」

「黒兵衛、おめえの縄張りに静かに押し入っておきながら、金蔵や金箱を破壊するという妙な盗人がいたろう」

「……それがどうした」

「出稼ぎに出たのを知っているか」

「なんだと」

黒兵衛が驚愕した。

「冥加金を納めてもらっているなら、これで帰る。おまえが陰蔵の縄張りへ手を伸ばしたということだからな」

「市兵衛《いちべえ》からは一文ももらってねえぞ。いつのことだ」

「十日ほどになるはずだ」

問うた黒兵衛へ、志村が告げた。

「市兵衛の宿《やさ》はどこだ」

「教えられるわけねえだろう」

志村の要求を黒兵衛が撥ね付けた。

「そうか。じゃ、これで用は終わりだ。帰るぞ」

くるりと背を向けた志村が亨を促した。

「…………」

居場所がわからなければ意味がない。亨が不満そうな顔を志村に向けた。

「任せろと言っただろう」

「わかった」

最初の約束を出されて、亨は渋々うなずいた。

「……ああ、黒兵衛」

二歩ほど進んだところで志村が首だけで振り向いた。

「陰蔵の跡に手を出すなよ。あそこは北町奉行所が目を付けている。これは顔見知りとしての忠告だ」

「町奉行所が、裏に手を出すなんぞあるはずはねえ。今までも見過ごされてきたんだ」

黒兵衛が反発した。

「北町奉行所は変わったんだよ。一応、注意はしたぜ。それでもやりたいなら、勝手にしな」

志村が手を振った。

黒兵衛のしもた屋を出た志村は、亨ではなく見送りに付いてきた太助へと正対した。

「ここでいい」

「……へい」

後を付けるようなまねをするなと念を押した志村に、太助が一瞬の間を置いた。

「昔馴染みというのはな、今の馴染みよりは値段が安い。長生きしたければ、そのことをよく考えるんだな」

あきらかになにかをしてこようとしている太助を志村が睨んだ。

「へ、へい」

太助が震えあがった。

「もう一つ……」

言いかけて志村がちらと亨の表情を窺った。

「構わぬ」

「そうか」

亨がうなずいたのを確認して、志村が続けた。

「この御仁はの、北町奉行所の与力どのだ」

「ま、町奉行所の与力……」

志村の紹介に、太助が顔色をなくした。

「だ、旦那。おいらたちを売ったので」

「阿呆《あほう》。売るなら、捕り方を率いてきているだろうが。拙者とつきあうほどの御仁だぞ。おめえたちのような小悪党なんざ、気にもしていない」

文句をぶつけた太助に、志村が怒った。

「でやすね」

太助が少しだけ落ち着いた。

「黒兵衛に言っておけ。市兵衛は北町奉行所を怒らせたとな」

「伝えやす」

志村の伝言を太助が請け負った。

「城見、用はすんだ」

「……………」

口を利かないとの約束である。志村の発言に亨は無言で同意を示した。

見送りからすぐに帰ってきた太助を見た黒兵衛が苦い顔をした。

「今どこに住んでやがるか、確かめてこなかったのか」

「見抜かれてやした」

後を付けてくるなと釘を刺されたことを太助が話した。

「ちっ。相変わらず、腕は立ちやがる」

腹立たしげに黒兵衛が舌打ちをした。

「それどころじゃござんせんよ、親分」

「どうした」

表情を変えた太助に、黒兵衛が怪訝な顔をした。

「志村さんが同行させていた侍でやすが、北町奉行所の与力だとか」

「なにっ。志村の野郎、町奉行所の犬になりやがったのか。今までの恩を忘れて、俺を売ったな」

「違いやす、そうではないようで」

「どこが違う」

縄張りの親分などと言ったところで、御法度《ごはっと》を犯している無法者でしかない。賭場《とば》や岡場所など、幕府が許可しない悪所を経営し、そこからのあがりで生活しているのだ。いつ町奉行所の手入れを受けても不思議ではなかった。

「市兵衛の野郎に用があるとかで。市兵衛は北町奉行所を怒らせたと伝えておけと志村の旦那が」

「……北町奉行所を怒らせた。まずいな」

黒兵衛が爪を噛んだ。

「俺になにも言わなかったということは……見逃すってわけだ。それでいて市兵衛のことで念を押した……」

「市兵衛を消しやすか。そうすれば面倒は終わりやす。死体はいつものように海へ流してしまえば、鱶《ふか》が片付けてくれやしょう」

考えこんだ黒兵衛に太助が提案した。

「……いや、それはまずい」

黒兵衛が手を振って、太助の案を却下した。

「それですむなら、わざわざ市兵衛が北町奉行所を怒らせたとか、来たのが与力だとかは言わなくていい。そうか……」

しゃべりながら黒兵衛が気づいた。

「親分、なんでやす」

太助が訊いた。

「市兵衛を差し出せ、さすれば見逃してやるとの意味だ」

「なるほど」

黒兵衛の至った考えに太助が首肯した。

「では、早速……」

「待て」

捕まえに行こうとした太助を黒兵衛が止めた。

「なんでござんす。市兵衛は勘の良い男でござんす。逃げ出すやも知れやせん」

早いほうがいいと太助が黒兵衛に告げた。

「できるわけないだろうが。町奉行所の与力に脅されたからといって、縄張りの者を引き渡したんじゃ、俺の面目は丸潰れだぞ」

親分は配下を守らなければならない。でなければ、配下が付いてこず、そんな親分など三日で殺される。

「ですが、そうしないと」

北町奉行所に目を付けられた以上、なにかしらの対応をしなければまずい。

「金を撒きやすか」

町奉行所の与力、同心が金に弱いことを無頼はよくわかっている。

「怒らせたと言ったのだろう。金ではなく、顔の問題だ。それだけのことをしでかして目を瞑《つむ》らせるとなると、百や二百じゃたりねえ」

「…………」

金額の多さに太助が黙った。

「そんな金を、縄張り荒らしをして出稼ぎをし、それでいてこちらに冥加金さえ納めねえ義理欠け野郎に出す謂《い》われはねえぞ」

「へい」

太助も同意した。

「かといって町奉行所に縄付きで差し出すわけにはいかねえ。こっちにも縄張りを預かっているという誇りがある」

「では、どうしやす」

黒兵衛の言葉に太助が質問した。

「……ようは、市兵衛が俺の縄張りの者でなくなればいいわけだ」

にやりと黒兵衛が笑った。

「去り状をくれてやる。勝手に外で働いて、あがりも入れない奴なんぞ、守ってやる意味はねえ」

去り状は縄張りの親分から配下に出されるもののなかでは軽い。去り状はただ縄張りから出ていけというだけのもので、その上の絶縁状のように他所の親分にまで市兵衛の不始末を報せ、かばうならば相応の対応をすると宣するほど厳しいものではない。絶縁状を喰らえば、江戸から去るしかなくなるが、去り状だと隣の縄張りへ移るだけですむ。

「去り状の日付けを昨日にしておけば、志村が来る前に追い出したと言えるしな」

放り出された市兵衛が、新たな親分のもとでなにを言い出すかわからない。当たり前だが、追い出した親分のことをよく言うはずはなかった。

沽券《こけん》とか面目を表看板にするのが、縄張りを持つ親分の性《さが》である。昔の配下に脅されて、配下を放逐したなどと評判になれば、黒兵衛の名前が傷つくだけではなく、見限って他の親分へ鞍替えする者が出かねなかった。

「不義理をしたのは、市兵衛もわかっているはずだ。言われれば黙って出ていくだろう。そこから先、どうなろうが、こっちの知ったことではない」

黒兵衛が笑った。

第三章　縄張りの掟

一

旅所の黒兵衛が思いつくていどのことなど、志村は当然のように読んでいた。

「両国橋で待ち伏せよう」

志村が亨を促した。

「待ち伏せ……顔もわからぬのにか」

亨が疑問を呈した。

「太助の面《つら》を覚えていれば、わかるさ」

「意味がわからぬ」

あっさりと答えた志村に亨が首を左右に振った。

「黒兵衛は、悪い親分でもなければ、良い親分でもない。縄張りを失うのが怖いという普通の親分だ」

「情けないことではないのか」

志村の批評に、亨があきれた。

「人というのは、今持っているものを失うことを怖れるものだ」

「それならばわかるが、親分などどういう無法者まで同じとはな」

当たり前の話に、亨が嘆息した。

「さて、そこで先ほど吾が口にした、おぬしの素性だ。なにが怖ろしいといって、無頼の親分にとって、町奉行所ほど怖ろしいものはない」

「当然だな」

志村の意見を亨は認めた。

「かってに縄張りを侵したうえ、冥加金も納めない。つまり親分を甘く見ているわけだ。そいつが町奉行所に目を付けられた」

「殺すということは……」

語る志村を遮って、亨が問うた。

「ねえな。町奉行所が出向いてきたんだ。ここでへんに殺したりしてみろ、万一死体が見つかれば、己がやりましたと自白するも同然だろう。なにより、捕まえなきゃいけねえ奴を殺されて、町奉行所が黙っているかい」

「黒兵衛を問い詰めるな」

亨が首を縦に振った。

「だろう。町奉行所に睨まれるようなまねをしたがる無頼なんぞいねえ。陰蔵くらいのものだ。あいつは、江戸の闇を支配していると豪語していたからな。町奉行所なんぞ怖くないと見せつけなければならないし、なんとかという与力と繋《つな》がっていたからこそ、できたわけだ」

志村が述べた。

「というわけで、黒兵衛は今ごろ市兵衛を追い出しにかかっているさ。そして市兵衛も本所から出ていかなきゃならないとわかる。なにせ、親分に金を払わず出稼ぎをして、町奉行所を呼んだわけだ。居座っていれば、まちがいなく売られる。配下でなくなれば、庇護する理由はなくなる」

「なるほど。小賢しい者の考えそうなことだ」

亨が嫌そうな顔をした。

「そして、その小賢しいのが、出ていけというだけで終わると思うか」

「出ていくのを確認するということだな」

「ああ。さすがに黒兵衛自らが付いていくわけにはいかぬだろう。そこで腹心の太助に、両国橋を渡るまでを確認させると」

志村が結論を言った。

「畏《おそ》れ入る」

亨は志村の読みに感嘆した。

「酒でも呑んで待とう」

志村が両国橋の袂《たもと》に出ている茶店へと足を向けた。

市兵衛は徒党を組まず、一人で仕事をする盗賊である。

盗賊の多くが仲間を作らないのは、一人が捕まれば、そこから芋づる式になってしまうことを怖れたのと、分け前でもめるのが嫌だからであった。

「いるかえ」

山王稲荷から少し離れた松井町二丁目の河岸小屋に太助が顔を出した。松井町二丁目は、開拓された後《あと》、幕府によって召しあげられ、小石川養生所の助成地となった。その後《のち》、大半が西の丸大奥女中滝津へと下賜されて、残ったわずかな地が牛込穴八幡宮の修繕費用として別当放生寺へ拝領となった。

その拝領地と隣接した河岸に、誰が住んでいるかもわからない小屋があり、そこを市兵衛は塒《ねぐら》としていた。

「太助の兄いか」

一仕事をして懐の温かい市兵衛は、小屋でだらだらとしていた。

「おいらが来たことでわかるだろう。おめえ、冥加金はどうした」

「……ばれたか」

太助に糾弾された市兵衛が舌を出した。

「冥加金なら、明日にでも旅所の親分さんのところへお届けするつもりでございやした」

市兵衛が言いわけを付け加えた。

「いくらだ」

「二十両……」

「まったく足りねえな。こっちが知らないとでも思ってやがるのか。てめえ、浜町の仁科屋で仕事をしただろうが。二百両以上稼いだはずだ」

太助が凄《すご》んだ。

冥加金は三割から半分が決まりである。黒兵衛の場合、三割五分となっていた。

「そこまで……」

市兵衛が頬をゆがめた。

「申しわけござんせん。ちゃんと納めますので、親分にはよろしくお伝えを」

悪びれた振りで、市兵衛が頭を下げた。

「ならねえ。親分からの去り状だ。さっさと本所から出て行きな」

懐から太助が一枚の紙を出して、市兵衛に突きつけた。

「…………」

市兵衛が黙った。

「……冥加金が遅れただけで、そいつは厳しすぎやせんかね」

しばらくして市兵衛が苦情を申し立てた。

安全な塒を失うというのは、盗賊を含めた無頼にとってかなりの痛手であった。

「掟を破ったのは、てめえだろう」

「うっ……」

正論に市兵衛が詰まった。

「半分を冥加金として納めやす」

割り前を多くすると市兵衛が申し出た。

「そういうことじゃねえ。てめえが縄張りを荒らしたおかげで、親分のところに北町奉行所の役人が来たんだ」

「えっ……それじゃ、浜町の仕事がおいらの仕業だと」

「北町奉行所は知ってるぜ」

驚愕する市兵衛に太助が告げた。

「どうして……」

「志村先生を知っているな」

「知ってやすよ。鬼の志村でやしょう」

太助の確認に市兵衛がうなずいた。

「その志村先生が、町奉行所の手先になってたな」

「……そんなことが」

市兵衛が啞然とした。

「刺客が町奉行所の手先に……」

「世間にはいろいろな伝手《つて》がある。それを使ったんだろうな」

太助が市兵衛へ手を振った。

「手先になるだけでなく、仲間を売るなんぞ」

「仲間、てめえが」

市兵衛の憤慨を太助が鼻で笑った。

「掟破りをしたおめえが、仲間を言うか」

「…………」

つごうの悪くなった市兵衛が黙った。

「冥加金は要らねえ。さっさとしな。今から一刻（約二時間）以内に両国橋を渡らねえと……」

太助が懐へ右手を入れた。

「わ、わかった」

市兵衛が殺気に震えた。

「ちくしょうめ。金が入ったのに、埒をなくすとはな」

愚痴をこぼしながら、市兵衛が小屋を出た。


茶店で酒を呑んでいた志村が腰をあげた。

「来たぞ」

「どこだ」

さすがに御用中に酒は呑めぬと茶を口にしていた亨も立ちあがった。

「ちょうど、橋番のところだ」

志村が橋の中央を指さした。

両国橋は武士、神官、僧侶以外が渡るときに、通行料を徴収した。橋の修繕費用に充てるためのもので、行き来一度につき、二文払う。その徴収を橋の中央に設けられた番所がおこなっていた。

「……太助がいるな」

亨がすぐに太助を見つけた。

「その二人前、縞の浴衣を着崩している月代《さかやき》の伸びただらしないのがいるだろう。あれが市兵衛だ。顔を見て思い出したが、一度黒兵衛の賭場で会っている」

志村が教えた。

「城見、こちら側を任せる。向こう側はやる」

志村が橋の反対側の袂へと移動した。

両国橋の幅は四間（約七・二メートル）ある。一人では封鎖しかねた。

「すまんな」

亨が礼を口にした。

二

「釣りは要らねえよ」

四文銭を橋番に渡して、市兵衛が中央をこえた。

「…………」

橋番所をこえない限り、渡り賃は不要である。太助が足を止めて見送った。

「くそがっ」

罵《のの》りながら、市兵衛が両国橋を渡った。

橋の中央には一応行き来する方向を決めるための板が張られており、歩けないようになっているが、幅は六寸（約十八センチメートル）ほどで高さは二寸（約六センチメートル）ほどしかなく、容易に跨《また》ぐことはできる。とはいえ、その板の上を歩くというのは難しい。武士の鞘に当たらないよう左側通行となっている両国橋、その欄干際を市兵衛が渡りきった。

「市兵衛だな」

すっとその前に亨が出た。

「……違いやす」

一瞬突っ立った市兵衛だったが、あわてて否定した。

「北町奉行所与力城見である。神妙にいたせ」

亨が名乗った。

「売りやがったな、黒兵衛」

市兵衛が振り向いて、橋の中央から見つめる太助を怒鳴った。

「…………」

すっと太助が背中を向けて去って行った。

「そこまで吾が身がかわいいか」

もう一度市兵衛が叫んだ。

「当たり前のことを言うな。吾が身がかわいいから、他人が汗水垂らして稼いだ金を盗むという盗賊なんぞをやっているのだろうが。おまえに黒兵衛を非難する資格はない」

亨が市兵衛を嘲笑《ちようしよう》した。

「うるせえ」

市兵衛が亨目がけて拳を突き出した。

「…………」

わずかに身をそらすだけで亨がこれを避けた。

「いまだっ」

亨の体勢が崩れたと勘違いした市兵衛が、両国広小路の雑踏へ駆けこもうとした。

「ふん」

「わあっと」

静かに近づいた志村に足を引っかけられた市兵衛が盛大に転んだ。

「なんだ、なんだ」

始まった騒動に物見高い江戸の町民が興味を示した。

「動くな。次は背骨を折る。生きてさえいればいいのだからな」

市兵衛の腰骨の上に左足をのせた志村が淡々と告げた。

「……その声は、志村だな。てめえ、よくもおいらを町奉行所へ……ぐえっ」

罵声を浴びせようとした市兵衛が、腰骨に体重をかけられて呻《うめ》いた。

「あいにく町奉行所とはかかわりない。吾は単に、この男の輩《ともがら》というだけだ」

「輩……」

市兵衛が首をねじって亨の顔を見た。

「命を預け合った仲だ。その輩が苦境に手を差し伸べるのは当たり前だろう」

「それでも仲間を売るなんぞ……ぐえっ」

また腰を圧せられた市兵衛が潰されそうな声をあげた。

「てめえ、掟破りをしておきながら、よく仲間なんぞと言えたな」

「…………」

市兵衛が黙った。

「掟破りをした段階で、てめえは弾かれたのよ」

「くっ」

厳しく指弾された市兵衛が詰まった。

「城見、名乗りをあげろ。奉行どのの名を高める好機だ」

市兵衛から亨へ顔を動かした志村が促した。

「かたじけなし」

志村の厚意へ謝意を示して、亨が周囲に目を走らした。

「浜町の仁科屋を襲いし盗賊、北町奉行曲淵甲斐守が内与力城見亨が召し捕った」

亨が大声を張りあげた。

「おおおっ」

「北町奉行所が盗賊を捕まえたそうだぞ」

「捕り物だ。捕り物を見た」

野次馬が大騒ぎになった。

「これでよかろう」

「ぐえええ」

今一度強く腰の骨を押さえこんで、志村は市兵衛から足をどけた。

「縄を」

「そうであったな」

言われて亨が懐から捕り縄を取り出した。

町奉行所の与力は普段捕り縄を持たない。与力は捕り物の指揮をするだけで、直接罪人に触れないからだ。しかし、直接の配下を持たない内与力に曲淵甲斐守は捕り物を指示した。結果、亨は捕り縄を持参することになった。

捕り縄は片一方に鉤《かぎ》が結びつけられている。もう片方は縄尻を輪にしてあり、罪人の身体をぐるぐる巻きにして鉤をそこにはめこめば、拘束できる。暴れる罪人でもすばやく押さえこめるように考えられた道具であった。

「……………」

逃げ出そうにも腰の骨を痛めつけられていては、走ることさえできない。市兵衛は大人しく捕縛された。

「歩け」

縄尻を摑んだ亨が、市兵衛の背中を押した。

「……覚えてやがれ」

市兵衛が志村を睨んだ。

「引かれ者の小唄だ、それこそな」

志村が笑った。

「十両盗めば首が飛ぶ。おめえは仁科屋からいくら盗った」

「うっ」

「首が二十あっても足りめえが」

言葉を失った市兵衛を、志村が嘲《あざけ》った。

「どけ、どけ。散りやがれ」

人垣をかき分けて、三人の町人が亨たちの前に出てきた。

「この辺りを仕切る善《ぜん》右《え》衛門《もん》だ。静かにしろ」

十手をひけらかして善右衛門と名乗った御用聞きが威圧した。

「旦那、失礼をいたしやす」

善右衛門が亨に近づいてきた。

「南町奉行所定町廻り同心井村《いむら》主馬《しゅめ》さまの手札をお預かりしております善右衛門と申しまする」

「なに用じゃ」

亨が名乗らずに問うた。

「その者をお渡し願いたく。ここは、井村さまの廻り地でございまする。そこであったことは、すべて井村さまが差配されると決まっておりまする」

善右衛門が市兵衛の引き渡しを求めた。

これも慣例といえば慣例であった。定町廻り同心が担当する縄張りは、一種の聖域のようになっている。探索や捕縛などで、他の同心がその縄張りに足を踏み入れるときは、あらかじめ挨拶をするのが決まりとされていた。

「歩け」

亨は善右衛門の相手をせず、市兵衛を急かした。

「お、お待ちを」

善右衛門が亨を止めた。

「邪魔をするな。こやつが盗みを働いたのは浜町である。浜町を預かる者が捕縛するのは当然であろう」

これも正論であった。縄張りのなかでの犯罪を解決できなければ、いずれは人望を失い、合力金がもらえなくなる。定町廻り同心にとって、絶対ともいえる不文律であった。

「北町の定町廻りの旦那衆のお顔はすべて存じあげておりますが、旦那のお顔は初めて拝見いたしやす」

定町廻り同心でなければ、その不文律はかかわりなくなる。善右衛門が亨にしつこくからんだ。

「北町奉行所内与力、城見亨である」

しかたなく亨は名乗った。

「内与力さま。では、捕り物とはおかかわりございません。どうぞ、罪人をこちらへお引き渡し願いやす。後ほど、あらためて井村の旦那がご挨拶いたしましょうほどに」

　善右衛門が捕り縄に手を伸ばした。

「慮外者」

　亨が善右衛門の腕を手刀で打った。

「あつっ……なにを」

「てめえ、親分に向かって」

「こいつ」

　善右衛門が腕を押さえ、手下の二人が憤った。

「きさまはなんの権があって、拙者の御用を阻害する」

　亨が善右衛門に険しい声をぶつけた。

「えっ……ですから御用聞きだと」

「だから、それがどうしたというのだ。御用聞きは御上の役人ではなかろう」

　手を押さえながら善右衛門が怪訝な顔をしたのに対し、亨がさらに問うた。

「このように井村さまから十手を預かっておりやす」

　ふたたび善右衛門が十手をひけらかした。

「そんな鉄さびの浮いた房なしの十手が、身分の証《あかし》になると」

亨があきれた。

「てめえ、北町の内与力だかなんだか知らねえが、十手捕り縄を預かっている親分に……」

「黙れ」

前に出てきた手下を志村が圧した。

「…………」

手下が震えあがった。

「御用聞き、岡っ引きと称する者は、無頼博徒を兼ねていること多く、それを使うは御法度に触れる。今後、そのような者を配下となすことを禁じる」

亨が老中から出されている触れを口にした。

「ですが、あっしらがいねえと江戸の町は」

善右衛門が反論しかけた。

「なにさまのつもりだ、そなた。町奉行所の者どもだけでは江戸の治安を守れぬと申したな」

「そ、そんなつもりでは……」

失言をとらえた亨に叱りつけられた善右衛門が焦った。

「井村主馬と申したの、そなたに十手を渡した同心は。北町奉行所から正式に南町奉行所へ問い合わせをしておこう。御用聞きがおらねば、南町奉行所は江戸の治安を守れぬそうだなと」

「……ちょ、ちょっとそいつは」

善右衛門が蒼白になった。

「だ、旦那。ちいとお話を聞いてやっておくんなさい。じつは……」

こうなっては隠しようもないと善右衛門が、市兵衛の身柄をどうしても欲しがる理由を語った。

「牧野大隅守さまからの厳命だと申すか」

「へい。井村の旦那が血相を変えて、あっしらに絶対捕まえろと」

南町奉行所へ逆ねじを喰らわされるよりはましと、善右衛門が裏をしゃべった。

「こちらも同じだと思わなかったのか」

「思いやしたが……旦那が内与力さまだと伺って、そのまあ……」

「町方のことをあまり知るまいと」

「申しわけござんせん」

善右衛門が謝罪した。

御用聞きは一度手札を預かると長い。定町廻り同心が代わっても、地元に詳しい御用聞きはそのままなことが多い。

当然、町奉行所のなかにも詳しくなり、内与力が町奉行となった旗本の家臣で、主と町奉行所役人たちの間を取りもつのが主たる職務であり、捕り物などをおこなわないと知っていた。

「どうぞ、お通りを」

善右衛門が道を空けた。

「うむ」

市兵衛を連れて亨が歩き出した。

「親分、よろしいのでございますか」

「これだけの人が見ていやす。井村の旦那の耳に入りやすぜ」

手下たちが善右衛門に喰い下がった。

「黙れ、どうしようっていうんだ。これ以上、やってみろ。それこそ、十手を取りあげられるぞ。そうなったときの責任をてめえは取れるというか」

善右衛門が手下たちに八つ当たりをした。

「す、すいやせん」

若い手下が縮みあがった。

「…………」

「どうした」

そろそろ五十歳に手が届こうとしている壮年の手下が反応しないことに、善右衛門が不審な顔をした。

「おいっ。なに気を抜いてやがる」

じっと亨たちの後ろ姿を追っていた配下に、善右衛門が切れた。

「ありゃあ……まちがいねえ」

壮年の配下が呟《つぶや》いた。

「なにがまちがいないというんだ」

見つめ続けている壮年の配下の独り言を善右衛門が気にした。

「親分、あの浪人でやすが」

「内与力さまの隣にいる奴か」

善右衛門が確認した。

「へい。あいつ、どこかで見たと思っていたんですが……思い出しやした」

「誰だと言うんだ」

壮年の配下に善右衛門が訊いた。

「あいつは、旅所の黒兵衛のもとにいた浪人に違いございやせん」

「なんだとっ。あの浪人が……血鞘《ちさや》だと」

善右衛門が驚いた。

「一度太刀を抜いたら、かならず相手を倒すまで鞘へ戻さない。刀が鞘へ戻るときは、相手の血を吸ってからということで付いた二つ名が血鞘」

大きく音を立てて善右衛門が唾を呑んだ。

「井村の旦那のところへ行くぞ」

善右衛門が走り出した。

三

捕まえた罪人は、大番所へ運ぶ。大番所には月番町奉行所の与力と同心、そして非番の町奉行所から応援の同心が詰めていた。

「内与力さま」

大番所の受付をしていた北町奉行所の同心は、亨の顔を覚えていた。

「そなたは」

同心は身形だけでわかる。亨が名前を問うた。

「北町奉行所吟味方同心の田岡三五郎《たおかさんごろう》でございまする」

「そうか。浜町の仁科屋に入った盗賊を捕縛して参った。手続きを頼む」

名前を聞いた亨が市兵衛を突き出した。

「えっ……」

田岡三五郎が呆然とした。

「どうした」

亨が田岡三五郎に問いかけた。

大番屋は罪人を預かるところである。すべての罪人は大番屋にて記録され、そこから入牢証文を持って小伝馬町の牢屋敷へと移される。罪人への取り調べも牢屋敷でおこなわれるのがほとんどで、奉行所でされることは稀《まれ》であった。

「も、申しわけございませぬ」

あわてて田岡三五郎が市兵衛の人体などを記した書付を作り始めた。

「畏れながら……」

その様子を見ていた南町奉行所の同心が、亨へ声をかけた。

「……なんだ」

亨が振り向いた。

「その者は、真に浜町の」

「である。本人がそう申していた」

問うた南町奉行所の同心から市兵衛へと目を移して亨が答えた。

「そなた、本当にそうか」

「…………」

南町奉行所の同心が問いかけたが、市兵衛はなにも答えなかった。

「止めよ。こいつは北町奉行所の仕事だ」

尋問した南町奉行所の同心を、亨が制止した。

「……失礼をいたしました」

苦い顔で南町奉行所の同心が引いた。

「仁科屋に入った盗賊が捕まっただと」

大番屋の奥から北町奉行所の与力が駆け出してきた。

「……城見どの」

与力が亨に気づいた。

「貴殿が……」

「そうだ。本所から出てきたところをな」

与力の問いに、亨が告げた。

「どうやって、こやつがその盗賊だと」

「報せてくれる者がいてな」

重ねて質問してきた与力に、亨が述べた。

「さようでございましたか。とにかく重畳でござる」

内与力は陪臣《ばいしん》でありながら、その任にある間は与力の上席扱いを受ける。北町奉行所の与力が、ていねいな応対をした。

「こやつの名前は」

田岡三五郎が尋ねた。

「市兵衛だ」

「……市兵衛。金鎚の市兵衛」

与力が目を大きくした。

「本所から出稼ぎしたのか。ならば、仲間に売られてもしかたないな」

「…………」

冷たい与力の言葉にも市兵衛は顔を伏せたままであった。

「どちらにしろ、死罪は確定だ。さっさと余罪を吐いて、楽になれ。下手に隠しごとをして、責め問いを受けるよりはましだろう」

与力が市兵衛を諭した。

「これを」

田岡三五郎が書付を仕上げた。

「……よかろう。入牢証文を用意いたせ」

書付を確認した与力が、田岡三五郎に次の作業を命じた。

「では、拙者はこれで。お奉行にお報せせねばならぬゆえ」

亭が大番屋を出た。


定町廻り同心の居場所はわかりやすい。毎日決まった刻限に、決まった自身番を訪れるからだ。

「旦那は」

善右衛門が手下二人を連れて、両国広小路から少し離れた自身番に顔を出した。

「おう、どうしたい」

井村主馬が、自身番の奥で茶を啜っていた。

「よかった、いてくださった」

ほっと善右衛門が安堵の息を吐いた。

「なんだ、えらい汗じゃねえか。ひょっとして仁科屋の盗人を見つけたか」

奉行所をあげての探索である。井村主馬が、身を乗り出したのも当然であった。

「そいつでござんすが……」

言いにくそうに善右衛門が言葉を切った。

「どうした。逃がしたんじゃなかろうな」

井村主馬の声が低くなった。

「……北町が捕まえやした」

「なんだとっ……北町がか」

「へい」

愕然《がくぜん》とする井村主馬に善右衛門が経緯を告げた。

「内与力か。そいつは相手が悪いな。同じ同心なら、おいらが出張って話を付けたんだが……しかたねえ」

井村主馬が嘆息した。

「筆頭与力さまから叱られるだろうが、もともとは戸川が馬鹿をしでかした尻拭いだ。お奉行のお怒りは、戸川が引き受けるだろうよ」

さばさばと井村主馬が、あきらめた。

「ところで、旦那」

善右衛門が声を潜めた。

「あん、まだなにかあるのけえ」

茶碗を口に持っていきかけていた井村主馬が、面倒くさそうに応じた。

「北町の内与力さまの隣にいた浪人でござんすがね。血鞘じゃねえかと」

「…………」

善右衛門の発言に井村主馬が固まった。

「冗談じゃ、すまねえぞ」

茶碗をあおった井村主馬が、善右衛門を睨んだ。

「こいつが、まちがいねえと」

善右衛門が壮年の配下を指さした。

「大丈夫なんだろうな」

「へ、へい。まずまちがいござんせん」

凄むように確認された壮年の配下が何度も首を縦に振った。

「そいつと内与力はどういう関係だ」

「一緒になって市兵衛を連れていきやしたので、少なくとも顔見知りではあるかと」

訊かれた善右衛門が答えた。

「北町の内与力が、二つ名持ちの浪人と知り合い。こいつは大事になるぜ」

井村主馬が興奮し始めた。

「これは筆頭与力さまにお預けするべき話だ」

己の手に余ると井村主馬が言った。

「善右衛門。おめえは北町の内与力と血鞘のかかわりをもっと調べてこい」

「へい」

井村主馬の指図に善右衛門がうなずいた。

曲淵甲斐守はご機嫌であった。

「よくぞ、してのけた」

市兵衛の捕縛を報告した亨を曲淵甲斐守が褒めた。

「いえ、これも播磨屋どのの助力のおかげでございまする」

　手柄を誇るのは、武士として恥じなければならない。戦国ならば、目立つような兜や幟を使ってまで誇示した手柄だったが、泰平の世が続いたことで主張するより謙虚な態度が好まれるようになっていた。

「たしかに播磨屋伊右衛門の功績も大きいの。甲斐守が礼を申していたと伝えよ」

「はい」

　どれほどの豪商でも、旗本が格上である。甲斐守が直接頭を下げることはなかった。

「そなたに江戸の闇を任せてよかったわ」

「とても合いませせぬ」

　満足そうな曲淵甲斐守に、亨が首を左右に振った。

「いや、わずかな間に闇を使いこなしているのは見事である」

「…………」

　称賛する曲淵甲斐守に、亨はうつむいた。

「それではいかぬぞ」

　亨の様子に曲淵甲斐守がため息を吐いた。

「表であろうが、裏であろうが、光であろうが、闇であろうが、人を相手にするとき、自信を持っておかねば、軽く見られる。信念を強く持て」

「信念がまちがっていたときは……」

曲淵甲斐守の説諭に、亨は思わず質問をしてしまった。

「まちがいでなくしてしまえばいい。それだけのことだ」

あっさりと曲淵甲斐守が断じた。

「…………」

まちがいを正解にする。それは白いものを黒いとするに等しい。亨が唖然とした。

「驚いたか。これが施政というものだ。政《まつりごと》にまちがいは許されぬ。まちがいを認めたら、二度と民は幕府を信じなくなる。そうなれば幕府は崩れてしまう。そなたもわかっていよう、大坂町奉行所、江戸町奉行所と続けて民の相手をしてきたのだ。国の基本が民であることを感じたはずだ」

「それは、仰せの通りでございまする」

曲淵甲斐守の言葉を亨は肯定した。大坂という商いの町、そして江戸という天下の城下町で町奉行所の役人をしてきた、しているのだ。どれほど庶民が力を持ち、武家にあるのは名分だけだということが身に染みていた。

「まちがっていたのではと民が気づく前に、どうにかすればそれは正しいのだ。それができぬ者は政から離れるしかない」

曲淵甲斐守が笑った。

「そなたに余は江戸の闇とつきあえと命じた」

「承っておりまする」

主命はなによりも優先される。亭はうなずいた。

「どうやらつきあいはできたようである」

そこで曲淵甲斐守が一度言葉を切った。

「…………」

亭は続きを待った。

「あらたな指示を与える。城見亭、江戸の闇を支配せよ」

「……それはっ」

曲淵甲斐守の口から出た指図に、亭は絶句した。

「そもそも江戸に闇があることがまちがっておるのだ。江戸は、将軍のお膝元、天下の諸侯が将軍家の権威を再認識する場所でなければならぬ。その江戸に、御上の手の届かないところがあるなど論外じゃ」

険しく眉間《みけん》にしわを寄せながら曲淵甲斐守が語った。

「刺客という仕事がある。これが認められるか。認められぬ。人を裁いて良いのは、御上だけじゃ。御上が法度の上で裁くからこそ、人の命を奪うことができる。金儲けだ、恨みだ、邪魔だなどという一人の理由で、人を殺すなどあってはならぬ。博《ば》打場《ちば》もそうだ。働きもせず、賽という運に金を任せる。働いてこそ、人は民たれるのだ。働かず、金を儲けようという愚かな考えをする者、そしてその愚か者を踊らせて金を奪おうとする博打打ちなど、民ではない。岡場所も同じ。男が多い江戸で遊郭を否定するわけにはいかぬ。男というのは、不満を溜めれば暴力に走りやすくなる。男という抜き身を受け止めるための鞘となる女は要る。だが、それも無法ではいかぬ。借財の形に身を縛り、病になろうとも死ぬまで稼がせる。これも結局は無頼の金のためだ」

一気にしゃべった曲淵甲斐守が湯飲みに手を伸ばした。

「……なによりいかぬのが、賭場にしても岡場所にしても、堂々と客を呼んでいることだ。寺社や大名の下屋敷という町奉行所の手の入らないところとはいえ、これを見逃してなんの町奉行ぞ。町奉行とは、天下に轟く江戸という将軍のお膝元を光で照らすのが役目である」

「おおっ」

曲淵甲斐守の宣言に亨が感嘆した。

「光あるところに闇がある。昼があれば夜もある。たしかにそうだ。これは摂理である。だが、この摂理は努力で変えられる。光をくまなく当て続ければ、闇はなくなる。夜でも照らし続ければ、昼と同じになる。そうであろう」

「まさに、まさに」

同意を求められた亨が首肯した。

「だが、今の町奉行所は光たりえぬ。竹林など、陰蔵という闇と繋がっていたほどだ。それを余は変える。そのために、与力、同心の多くを切って捨てた。多少、町奉行所の任に支障が出たが、いたしかたない。今、やっておかねば、やれなくなる」

曲淵甲斐守が述べた。

「江戸の町を将軍の城下にふさわしくする。それが町奉行所の役目である。それを牧野大隅守はわかっておらぬ。余の足を引っ張ろうなどという姑息なまねをするくらいだ。もっともそれも失敗した」

鼻で曲淵甲斐守が笑った。

「自業自得じゃ」

「…………」

さすがに南町奉行を笑うのはまずい。亨は頭を下げるだけに留《とど》めた。

「それもそなたの働きである」

またも曲淵甲斐守が亨を賛した。

「闇を使えるようになったのだ。今度は闇を支配せよ。播磨屋伊右衛門と手を組んでもよい」

「播磨屋どのの助力をいただいても」

一人でできることではない。亨は曲淵甲斐守の許可を確認した。

「かまわぬ。どうせ播磨屋はそなたの身内になるのだ」

「…………」

咲江との婚姻が決まっていると曲淵甲斐守に言われたも同然である。亨は黙った。

「なんじゃ、あの西の娘では不足か。余が見ても、なかなかの美形だと思うぞ」

「いえ、不足ではございませぬが……」

怪訝な顔をした曲淵甲斐守に、亨ははっきりしない返答をした。

「若いな」

曲淵甲斐守は亨が恥じているとみた。

「男と女なぞ、どうあれ同じことをするだけだ。武家にとって婚姻は、跡継ぎを作るため、家と家の繋がりを築くため」

そこで曲淵甲斐守が亨の目を見つめた。

「ようは、己の家の利になるから婚姻をかわすのだ。子を作る、嫁の実家の援助を期待する。その二つが婚姻の主たる意味」

「…………」

それは違う、婚姻は男女が互いの想いを一つにするためのものだなどという寝言を亨は口にしない。陪臣とはいえ、武家の嫡男として生まれたのだ。己が受けてきた家という恩恵を、子孫に引き継いでいく義務がある。

「まあよい。焦ることはない。ただ、はっきりはさせておけ。でなくば、播磨屋伊右衛門の援助がどうなるかわからぬ。相手は商人だ。なにかしらの代償なしに、利を差し出してはくれぬ」

「はっ」

釘を刺した曲淵甲斐守に亨は手を突いた。

四

南町奉行所筆頭与力は、定町廻り同心井村主馬が持ちこんだ話を前に困惑していた。

「北町の内与力が、血鞘の二つ名を持つ浪人と親しい……」

「いかがでございましょう。これをもって仁科屋の盗賊を引き渡せと要求できませぬか」

井村主馬が、筆頭与力に問うた。

すでに北町奉行所が仁科屋へ入った盗賊を捕まえたという話は南町奉行牧野大隅

守の耳に届き、定町廻り同心、臨時廻り同心、隠密廻り同心の三廻りは、厳しい叱《しっ》責《せき》を受けていた。その後で井村主馬が、筆頭与力を訪れたのだ。

「できまいな」

筆頭与力が否定した。

「なぜでございまする。内与力が刺客をしていたと思われる浪人とつきあいがあるなど、町奉行としてあるまじき失態。表沙汰になれば曲淵甲斐守さまも無事ではすみませぬ」

井村主馬が、筆頭与力に迫った。

「恐喝になるぞ」

「それがどうしました」

筆頭与力の注意を井村主馬は気にしなかった。

「恐喝は一度で終わらぬ。かならず、味を占めて二度、三度とやってくる。それを我らはよく知っているはずだ」

「知っております。ですから、今回だけと」

井村主馬が、一度限りだと言った。

「どうやって証明する」

「…………」

筆頭与力の確認に、井村主馬が詰まった。

「今回で、この脅しは終わりますと言うのか」

「いけませぬか」

あきれる筆頭与力に井村主馬が反論してきた。

「これがものなれば、まだわかる。交換できるからな。脅迫のもとがなくなれば、相手も安心するだろう。だが、今回のは知識と同じだぞ。形がない。それをどうやって一度限りだと保証する」

「そこは同じ町奉行所の役人同士でございまする。信用してもらうしか……」

「同じ町奉行所の役人を脅迫しているのに、信用してくれか」

堂々と言う井村主馬を筆頭与力が嘲笑した。

「少なくとも儂は信じぬ。そうよな。そなたとそなたの配下の御用聞き、その口を永遠に封じるならば、話を受けてもよいがの」

「な、なにをっ」

筆頭与力の言葉に井村主馬が驚愕した。

「その話、せいぜい北町奉行所へ報せて、恩を売るくらいで止めておくべきだ。今回は、戸川の失敗に端を発している。潔く引いて、次を期待するべきだと儂は思う」

「…………」

「それにな。北町奉行所に南町の部屋住みだった次男、三男が取り立ててもらっている。その恩に泥を投げ返すまねはまずい」

不服そうに黙った井村主馬を筆頭与力が諭した。

「折を見て、その話は拙者が北町の左中居どのにしておく。よいな、そなたはもうかかわるな」

筆頭与力が井村主馬を下がらせた。

「……これだけの話を捨てるのか」

町奉行所のなかを歩きながら、井村主馬が不満を口にしていた。なにせ、牧野大隅守から直接叱られたのは、筆頭与力ではなく井村主馬たち三廻り同心なのだ。

「北町の、それも内与力に後れを取るなど、よくぞそれで町奉行所きっての腕利き、三廻りでございと言えたの」

牧野大隅守の怒りを受けた三廻りは震えあがった。本来、町奉行と町奉行所の与力、同心は上下の関係にはあるが、その人事は別扱いとされていた。

それを曲淵甲斐守が変えた。裏で敵対行為をしていた隠密廻りを、伊勢山田奉行所同心として、江戸から離した。身分は同じ同心であるため、左遷でも更迭でもない。ただの異動といえば異動だが、余得の多い江戸町奉行所同心から、さほどうまみのない伊勢山田奉行所同心では、収入が違う。江戸町奉行所の同心として贅沢な生活に慣れた者にしてみれば、まさに地獄になる。その前例を曲淵甲斐守が作ってしまった。

「同心を入れ替える時期かの」

「平に、平にご容赦を」

定町廻り六人、臨時廻り二人、隠密廻り一人、合わせて九人の同心が牧野大隅守の前で額を床に押しつけ、許しを乞う羽目になった。

「井村……」

筆頭与力のもとから同心控えに戻った井村主馬を戸川が力ない目で迎えた。

「ああ」

戸川の前に井村主馬が腰を落とした。

「なにをしている」

井村主馬が見廻りに出かけず、同心控えでぼうっとしている戸川に問うた。

「もう、回らなくともよくなった」

「えっ、それは」

うつむいた戸川に、井村主馬が驚いた。

「次の越年まではなんとかなるかと思っていたのだが……娘の嫁入りがあるのに……」

呟くように戸川が口にした。

越年とは大晦日のことだ。この日、町奉行所の同心たちは、年番方与力のもとへ挨拶に出向き、そこで「長年申し付ける」と言ってもらうことで、翌年も町奉行所同心としてあれる。ここで「お役ご免を」とか「なになに役を命じる」と言われれば、翌年から隠居するか、新しい役目への異動となった。

「外されたのか」

「ああ。次の月番の初日に引き継ぎを命じられたわ」

ちらと戸川が控えの奥に座る筆頭同心を見た。

「そうか」

越年でないときの異動は、あからさまな懲罰である。せっかく定町廻り同心まで出世したのに、これで戸川の未来は閉ざされる。戸川だけではない、息子にも影響は出た。同心百二十人のなかから六人しか選ばれない定町廻り同心は花形であるだけに、特権も多い。扶持米が増えるのもその一つだが、他にも嫡男が見習い同心として奉行所へ奉職する時期が早くなった。通常は元服となる十五歳前後からだが、定町廻り同心の嫡男は十歳をこえれば見習い同心として出られた。

わずかとはいえ見習い同心にも手当が出る。さらに執務への慣れが早くなるため、出世でも有利になった。

その特権を戸川は失った。

「…………」

肩を落としている戸川を井村主馬が、じっと見た。

筆頭同心は戸川を処罰することで、牧野大隅守への言いわけにするつもりだと井村主馬にもわかっていた。そして、それは正しい。こういった失態があったとき、少しでも被害を小さくすることが筆頭同心の職務でもある。

「戸川、話がある。つきあえ」

井村主馬が戸川を誘った。


竹林一栄の目の前に金包みが二個、五十両置かれた。

「なんだ、これは」

金包みを出した木曽屋杢助に竹林一栄が問うた。

「これに花押を入れていただきたいと思いましてね。まあ、花押の墨代だと思っていただければ」

「……よこせ」

木曽屋杢助が出した書類を竹林一栄が奪うように取った。

「……なっ」

書類を読んだ竹林一栄が驚愕した。

「どういうことだ。これは土地の売り買い証書ではないか」

竹林一栄が木曽屋杢助を怒鳴りつけた。

「その通りでございますよ。ああ、日付けをご覧くださいましたか」

木曽屋杢助が淡々と告げた。

「日付け……この日は、儂が町奉行所を追い出される三日前」

「さようで。つまり、この土地はあなたさまが闕所になる前に、わたくしへ売り払われていたことになりますな」

闕所は財物すべてを収公する付加刑であるが、さすがに他人の財物までは取りあげられない。でなければ、一時的に貸していただけの茶碗や、貸し付けた金も幕府のものとなり、本来の持ち主のもとへは返ってこなくなってしまう。

所有を証明できたものは、持ち主へ返還された。それを木曽屋杢助は悪用しようとしていた。

「それはわかる。だが、この金額はなんだ。この地所は日本橋小網町の一丁目だぞ。しかも大通りに面しているだけでなく、裏手は海に近い。さすがに坪は二百坪もないが、それでも値段は千両ではきかぬ。それを五十両とはふざけるにもほどがある」

竹林一栄が苦情を申し立てた。

「高すぎましたかね」

木曽屋杢助が笑った。

「きさまっ……足下を見たな」

「当然でございましょう。今のあなたには、なんの力もない」

怒る竹林一栄を木曽屋杢助が冷たい目で見た。

「さあ、花押を」

笑いながら木曽屋杢助が書付を突き出した。

「書けぬわ」

「おや、さようでございますか。それは残念」

拒んだ竹林一栄から木曽屋杢助が書付を引いた。

「闕所となれば、お金は一文も入って参りませんよ」

「うっ……」

竹林一栄が呻いた。

「それに五十両という大金を出してあげようというのですがね」

「されど千両以上のものに、五十両はあまりであろう。せめて二百両は欲しい」

木曾屋杢助へ、竹林一栄が値上げを求めた。

「………」

木曾屋杢助が笑いを消した。

「まだ、わかっちゃいねえようだな。てめえはもう天下御免の与力さまじゃねえ。ただの謀叛人《むほんにん》だ。お畏れながらと訴え出れば、死罪になる身だろうが」

「なにをっ」

態度を荒くした木曾屋杢助に竹林一栄があわてた。

「気を付けな。今、面倒を見てるのはこっちだぞ」

「うっ……」

竹林一栄が黙った。

北町奉行所を二つに割った戦いに負けたのは竹林一栄であった。それも日本橋の豪商播磨屋伊右衛門の遠縁に当たる女を誘拐しようとして、江戸の闇を使った。勝てば、曲淵甲斐守は竹林一栄の前に膝を突き、今まで以上の栄華と権を手に入れられた。

だが、竹林一栄たちは播磨屋伊右衛門と組んだ曲淵甲斐守の前に砕け散った。町奉行所を敵に回しただけでなく、播磨屋伊右衛門からも追われる身に落ちた。

木曽屋杢助の庇護がなければ、一日とて竹林一栄は無事ではいられない。

「これで最後だ。花押を入れて金をもらうか、拒んで放り出されるか」

「……わかった」

選択を強要する木曽屋杢助に竹林一栄がうなだれた。

「……これでいいか」

売り買い証文に名前と花押を入れた竹林一栄が顔をあげて木曽屋杢助を見た。

「結構で。どうぞ、これを」

もとの口調に戻った木曽屋杢助が金包みを竹林一栄の前に押し出した。

「あ、ああ」

竹林一栄が一瞬うろたえたが、受け取った。

「では、これで竹林さまとのおつきあいは終わりとさせていただきまする」

「ま、待て。今、追い出されてはまずい。せめて月番が南町奉行所に代わるまで待ってくれ」

月番でなくなっても定町廻りの巡回はなくならないが、本所や深川など定町廻りの担当ではない区域は、かなり甘くなる。

深川廻り同心など余得はなく、出世もまずないだけに、やる気がない。北町奉行所が月番だと曲淵甲斐守の叱咤もあって顔色を変えて竹林一栄たちの行方を追っている。だが、南町奉行所に交代すれば、非番の北町奉行所はあまり派手に動くことは難しくなる。縄張り荒らしとまではいかなくとも、南町奉行所の仕事を奪う形になるからだ。

「そうはいかないのですよ」

書付をひらひらさせながら、木曽屋杢助が首を横に振った。

「なにせ、この書付を闕所物奉行さまにお出ししなければなりません。それも競売が始まるまでに」

木曽屋杢助が説明を始めた。

闕所物奉行は、付加刑である闕所にかかわる一切を差配する。闕所とは主刑の重さによって財産すべてから、地所家屋だけとかの差はあるが身代の没収を意味する。武家の場合、改易となれば、すべての財産が闕所の対象になる。現金、土地、家屋から調度品、衣服など、それこそ竈《かまど》の灰までも収公された。

そして闕所物奉行は収公した財産を整理、競売に掛け、その売り上げを勘定奉行へと納めなければならない。

「競売が始まってしまうと、証文の出し遅れになりわたくしのものでございますは通じませんから」

木曽屋杢助がため息を吐いた。

幕府というのは、すべての法を作成し、支配、適用する。つまり、幕府がこうだといえば、誰も逆らえないのだ。

「それはわかるが、それと儂が出ていく理由はかかわりなかろうが」

竹林一栄が首をかしげた。

「……こうも鈍くなられるとは。北町奉行所きっての敏腕与力さまも、落ちぶれたらこうなりますか」

大きく木曽屋杢助が嘆いた。

「ぶ、無礼な」

馬鹿にされた竹林一栄が憤った。

「頭に昇った血を下げて、お考えくださいな。わたくしがこの売り買い証文を闕所物奉行さまに出す。日付けは、竹林さまが動く三日前。これを見てなんとも思わないと」

「闕所物奉行など、そのていどであろう。あのような役目、誰でもできるわ」

訊いた木曽屋杢助に竹林一栄が吐き捨てた。

闕所物奉行は、奉行と名はついているが、身分は御家人、目通りできないだけでなく、城中に席さえない端役であった。

「闕所物奉行さまは気づかなくとも、この証文は町奉行所へ出ますよ」

竹林一栄にかかわるのだ。闕所物奉行が曲淵甲斐守へ報せるのは当然であった。

「となれば、わたくしと竹林一栄さまとの間に繋がりがあると、曲淵甲斐守さまはお考えになりましょう。なにせ、あなたさまは勝つと信じて動かれた。土地を売るはずなんぞありませんでしょう。曲淵甲斐守さまは、まちがいなく日付けの違和感に気づかれますよ」

「むっ」

木曽屋杢助の言葉に竹林一栄が難しい顔をした。

「負けて逃げ出す金が要るから、売ったと考えるか」

「はい」

呟くように言った竹林一栄に木曽屋杢助がうなずいた。

「証文を出すのを待つ気はありませんよ。もう、お金は払いましたので、あの土地はわたくしのもの。競売されてからだと、買い直しの金が要りますので」

競売を終えてしまえば、幕府は一切かかわってくれない。まちがいだとわかったところで、そちらで話をしろと門前払いを喰らう。

「では、どこか別のところを紹介してくれ」

竹林一栄が安全に匿ってもらえるところを教えてくれと頼んだ。

「あいにく、存じません。それに疫病神なんですよ、今の竹林さまは。紹介したら、わたくしが恨まれまする。どうでしょう、思いきって江戸を離れられては。町奉行さまのご威光も高輪の大木戸まででございますし。さて、それではわたくしは失礼して、闕所物奉行さまのところへ参ります」

猶予はないと木曽屋杢助が竹林一栄に突きつけた。

「それはあまりだろう」

竹林一栄が泣きそうな顔をした。

「敗者はすべてを失うのが世の常。それを覚悟の上で曲淵甲斐守さまに挑まれたのでしょう」

冷たく木曽屋杢助が竹林一栄を突き放した。

「…………」

竹林一栄がうつむいた。

「おい、竹林さまが出ていかれる。お見送りをしな」

木曽屋杢助が配下に命じて、そのまま出ていった。

「くそっ」

残された竹林一栄が唇を噛んだ。

「旦那、申しわけございませんが……お立ちいただきたく」

木曽屋杢助の配下が、竹林一栄を促した。

「……おめえ、縄張りを持ちたいと思わないか」

「冗談はご勘弁ください」

親分である木曽屋杢助を裏切れとそそのかした竹林一栄に配下が手を振った。

「一カ月前に声をかけていただければ、乗りましたがね。今の旦那じゃ、泥船のうえに穴まで空いてる」

配下が嘲笑した。

「こいつっ……」

配下にまで馬鹿にされた竹林一栄が激した。

腰の刀に手を伸ばした竹林一栄を配下がねめつけた。

「やるけえ」

「……」

直接捕り物をする町奉行所の同心は、剣術や捕縛術である小具足術を身につけているが、現場に出ることがまずない与力は、武芸の心得などない。

悔しそうに竹林一栄が手を握りしめた。

「泣いてかわいいのは、若い女だけなんで。さっさと出ていってくださいな」

配下が竹林一栄を急かした。

「覚えておれ」

竹林一栄がじとっとした目で配下を見た。

「明日まででよろしゅうござんすかね」

笑いながら配下が竹林一栄を木曽屋から追い出した。

竹林一栄はあてもなく歩くしかなかった。木曽屋杢助から見限られたということは、その縄張りも敵に回ったと考えるべきである。さすがに今日の今日で手配されることはないだろうが、明日以降も縄張りにいては見逃してはもらえなくなる。

「儂を売れば、己は助かる」

曲淵甲斐守にしてみれば、竹林一栄の身柄は見せしめという意味もあり、なんとしてでも確保したい。竹林一栄を捕まえられるならば、無頼の親分一人を見逃すくらいなんでもない。

「闕所物奉行の手配が終わるまで……」

木曽屋杢助が竹林一栄を生きたまま放逐したのは、日本橋小網町の土地を確実に吾がものとするためであった。

竹林一栄を殺して、その死体が出てくれれば、土地を買った木曽屋杢助が疑われる。

木曽屋杢助としては、竹林一栄が江戸から離れて、どこか遠くで野垂れ死んでくれるのがなによりなのだ。江戸と違い、地方は行き倒れへの対応を嫌う。

　幕府の法度では、行き倒れはその死んだ場所の村か宿場が埋葬し、荷物を預かり、遺族があればそのもとへ報せを出し、引き取りに来たときには、荷物を返してやらなければならない。そして、その費用は村あるいは宿場町持ちになる。もちろん、遺族がわかれば請求はできるが、払われるという保証もないし、なにより引き取りに来ることなどまずないのだ。よほど金目のものでもあれば別だが、そうでなければわざわざ危ない旅をしてまで値打ちのないものを欲しがる者などいない。

　そんな面倒を抱えるくらいならば、さっさと行き倒れを埋めてしまい、荷物は村や宿場のものにしてしまうほうが早い。

　これは村全部あるいは、宿場町でかかわった者たちが、心を一つにしてこそ成りたつ。江戸のように他人目の多いところで、密かに死体一つを消すのは難しい。

「品川……か」

　竹林一栄が呟いた。

「そういえば、陰蔵がなにかあったときは、品川でと申していたな」

　ふと竹林一栄が思い出した。

大坂町奉行所の同心、その娘を拐《かどわ》かす。それも北町奉行曲淵甲斐守とかかわりのある女を誘拐したとなれば、江戸市中に置いておけない。いかに町奉行所が大名屋敷や寺社へ手出しできないとはいえ、その門前は管轄になる。大名屋敷や寺社の出入りを見張られては、身動きができなくなる。

「貴家の下屋敷に、無頼が出入りしておりますな」

江戸城中で、大名へそう曲淵甲斐守が囁《ささや》けば、すぐに追い出される。

「どこどこの寺社で不埒《ふらち》なまねがおこなわれているようでござるが、ご存じかの」

寺社奉行にこう言われたら、手入れが入る。

その点、品川は関東代官の支配で、町奉行からなにか言われても動かない。正確には動けないのだ。年貢の徴収を主たる任とする関東代官のもとには与力も同心もいない。一応、支配地の治安も代官の役目にはなっているが、なにせ武士ではない、刀なんぞ持ったことがない手代だけ、それも数名から十名ていどでは、無頼に立ち向かえるはずもない。

まさに品川は江戸まで指呼《しこ》の間《かん》でありながら、無法がし放題であった。

「五十両……あとは紙入れにある十五両と少し」

竹林一栄が己の持つ財を数えた。

「慎ましく過ごして、五年あるかないか……」

いかに品川とはいえ、定住するのはまずい。町奉行所の手は伸びないだろうが、江戸から遊びに来る者も多い品川だけに、顔見知りと会うかも知れない。

「品川で竹林を見ました」

そいつが曲淵甲斐守へ報せれば、内与力が出てくる。もちろん、捕吏としてではなく、竹林一栄の後始末をしにだ。

追われる者は、いつでも逃げ出せるように居を決めず、宿をとるか野宿をするしかなかった。そして、贅沢を極めてきた竹林一栄は、野宿などできるはずもなく、金のかかる旅籠に滞在することになる。旅籠で一夜を過ごし、二食を喰えば、一日二百六十文から三百文ほどかかってしまう。一カ月で一両二分近い出費になった。

「五年以内に、活計の道を探す……無理だな」

北町奉行所を敵に回した竹林一栄を雇う者はいない。

「女も抱かず、酒も呑まず、足袋を毎日替えることもなく、辛抱して五年と少し」

竹林一栄は金の尽きるときが、死ぬときだとわかっていた。

「その五年を、いつ見つかるかと怯《おび》えながら生きていくなど、耐えられぬ」

どこへ行こうとも町奉行所の与力は、もてはやされた。名の知れた料理屋でも金を取られることなく飲み食いできたし、売れっ子の芸者でも声をかければ身体を開いた。

これらはすべて竹林一栄の魅力ではなく、町奉行所与力という肩書きに付いていた。

「なにも知らず、御輿になっていたのは、町奉行ではなく、我ら与力、同心だったとはな」

竹林一栄は生まれてこれまで、己が何一つ持っていなかったことに、今更気づいた。

「誰でもよかったのだ。拙者でなければ、町奉行所は成りゆかぬなど、思いあがりも甚だしい」

筆頭与力さまと持ちあげられて、ご機嫌だった過去が、竹林一栄を道化にしていた。

「甲斐守に勝てなかったのも当然だな。向こうは、幾多の政争を潜《くぐ》り抜け、旗本としては最高と言われる町奉行にまで昇ってきた歴戦の役人。対して儂は、たかが二十三人の与力を相手にしてきただけの世間知らず。端《はな》から勝負にはならなかった」

　竹林一栄が負けを認めた。

「甲斐守には儂がやっていることなど、児戯に等しかったのだろう。馬鹿が掌で踊っていると嘲笑していただろう。そして、甲斐守の思惑通り、儂は暴発して下手な策を張り、敗北を喫した。その結果、北町奉行所から甲斐守に反発していた者は放り出され、残った者は従順となった。甲斐守こそ策を練っていた」

　竹林一栄が唇を嚙み切った。

「今までの日々は、夢と消えた」

　下手な大名よりも贅沢な日々を、竹林一栄は失った。

「あははははははは」

　竹林一栄がうつろな声をあげて笑った。

「考えてみればもう十分に楽しんだではないか。他人ができぬ思いを散々してきた。今更、未練などないわ」

　笑い出した己を奇異な目で見る周囲の者たちを気にせず、竹林一栄が続けた。

「ただ、このままではたまらぬ。これでは、儂があまりに愚か、あまりに哀れではないか。もう儂は終わりだ。それは納得した。なれど辛抱できるものではない」

竹林一栄が憤った。

「残った儂の手札はこの金と己だけ。ならば、両方を遣って目にもの見せてくれよう。まずは、人探しからだ。金でなんでもしてくれる陰蔵の代わりを。江戸の市中では無理だというならば、木戸をこえればいい」

品川へ向けて、竹林一栄は足を速めた。

第四章　小者の意地

一

　南町奉行所定町廻り同心の戸川と井村主馬の二人は、八丁堀を離れた柳橋の茶店で話をしていた。

「戸川、おぬし、このまま定町廻り同心として続けられるとしたらどうする」

　井村主馬が問うた。

「手立てがあるのか」

　ぐっと戸川が身を乗り出した。

「どうすると訊いた。先に返事をくれ」

「おう。なんだってやるぞ」

返答を急かした井村主馬に、戸川が告げた。

「なんだって……命をかけられるか」

「命……わけのわからん問答はもういい。思わせぶりなまねは止めてくれ」

詳細を言わない井村主馬を戸川が促した。

「血鞘を知っているな」

「……知っているどころか、刺客で名の知れた浪人であろう」

井村主馬の確認に、戸川がうなずいた。

「こいつを捕まえたらどうなる」

「それができれば、江戸中に轟く大手柄だな。それこそ、お奉行から特別褒賞が出るほどのな」

「そんな手柄を立てた定町廻り同心を更迭できるか」

「できるわけない。やれば、まちがいなくお奉行が笑い者になる」

問うた井村主馬に戸川が述べた。

「おいっ」

戸川が井村主馬を見つめた。

「血鞘の居場所がわかったのか」

「…………」

無言で井村主馬が肯定した。

「た、ただちに捕り方を集めなければならぬ。それこそ南町奉行所総出役くらいの覚悟がいるぞ」

総出役とは、吟味方与力を指揮として、三廻り同心のすべてが参加、そこに御用聞きや見習い同心、町奉行所の小者などを加えた総勢数十名が出ることを言う。

そうそうにある話ではなく、前例としては四代将軍家綱のときに起きた慶安の変、いわゆる由井正雪《ゆいしょうせつ》の乱で、槍の名人丸橋忠弥《まるばしちゅうや》を捕らえるために組織されたのが有名である。

「総出役にはできぬ」

井村主馬が首を横に振った。

「なにを言っている」

戸川が不思議そうな顔をした。

「筆頭与力さまに手出しするなと言われたわ」

「な、なんだと」

苦そうにした井村主馬に、戸川が驚愕した。

「なにを考えているのだ、筆頭与力さまは」

戸川が困惑した。

町奉行所の実権は町奉行ではなく、筆頭与力が握っている。筆頭与力がすべての与力、同心を指揮するのだ。筆頭与力の了承なしに、総出役などできなかった。

「理由はある。あるが、聞けば逃げられなくなるぞ」

井村主馬が念を押した。

「今更の話をするな。もう、肚は決まっているわ」

戸川が井村主馬を真剣な眼差しで見つめた。

「……じつはの……」

「北町奉行所の内与力と親しいだと……」

聞かされた戸川が絶句した。

「待て、待て。少し考えさせろ」

戸川が手を突き出して井村主馬を制した。

「好きに考えるといい」

井村主馬が、膳の上に置かれていた酒に手を伸ばした。

茶店とはいえ、庶民が歩き疲れたからと休んで、四文、五文の茶代を置いて帰るようなものではない。井村主馬が戸川を連れこんだのは、日本橋や浅草の豪商が取引相手と商談をしたり、お気に入りの芸妓を連れこんだりする小座敷を持つ茶店である。他人目を避けるだけでなく、この店くらいならば、片手間で潰せるような客を相手にしているというのもあり、なかで何が話されようが、どのような振る舞いをしようが、外へ漏れることはなかった。

「……お奉行さまにこの話を持ちこむというのはどうだ」

しばらくして戸川が提案してきた。

「駄目だ」

井村主馬が一言で切って捨てた。

「なぜだ。北町奉行曲淵甲斐守さまの懐刀ともいうべき内与力の醜聞だぞ。曲淵甲斐守さまへの対抗心で今回の無茶な捕り物を言い出されたお奉行さまならば、喜んで飛びつかれよう」

「勘気も解けると」

「ああ。拙者の首が繋がるだけでなく、井村、おぬしは隠密廻り同心としてのお引き立てを受けよう」

戸川が井村主馬も出世できると話した。

「なあ、戸川。お奉行さまはいつまで保《も》つかの」

「…………」

問いかけるような井村主馬の言葉に、戸川が黙った。

「町奉行まで昇られるほどだ。並大抵のお方ではないだろうが……」

「さらなる出世に目がくらんでいるか」

井村主馬の言いたいことを戸川が引き受けた。

「ああ。でなければ、城中であのような失策を犯されるはずはない」

「たしかにな。あのようなまねをちょくちょくしていたならば、遠国奉行になることも難しい」

二人が牧野大隅守のことを話した。

町奉行は旗本、それも千石以上の名門から、たった二人しか就けない役目である。

余得はあまりないが、町奉行になれば、三奉行として幕府の政にも参加できる。勘定奉行と並んで、幕府を支える旗本垂涎の役目である。

当たり前のことだが、家柄だけでなれるものではなく、並大抵でない能力とたゆまない努力、それに運が重ならなければならない。

ここまできたというだけで、曲淵甲斐守、牧野大隅守の二人が優秀だと知れる。

その町奉行は、旗本として上がりの役目ともされるが、その上がまだあった。留守居と大目付である。

留守居は大奥と御広敷《おひろしき》を管轄し、十万石の大名格としての扱いを受ける。新たに下屋敷を拝領し、嫡男だけでなく次男まで目通りを許される。将軍に目通りをした者は、部屋住みではなくなり、新規お召し出しを受ける。そう、本家から禄を分けてもらうことなく、別家できるのだ。

もう一つの大目付は、留守居ほどの厚遇は受けられないが、役高五千石であり、町奉行の三千石を大きくこえる。八代将軍吉宗によって役高に合わせて家禄が引きあげられることはなくなり、その役目にある間だけ不足分を足される足高となったが、それも九代将軍家重のときに骨抜きになった。

「長年の功績ある者が、その職にあること十年をこえたとき、役高に家禄をなおされる」

そもそも大目付になるくらいならば、長年役目に就き無事に世渡りしてきている。そして大目付や留守居などは、自ら隠居を言い出すか、病にでもならなければ、そうそう辞めることはない。十年くらい、当たり前のようにその職にあり続ける。

もともと将軍が江戸城から出ている間の留守を預かる留守居も、大名たちの非違を監察する大目付も、幕初は重職であった。しかし、代を重ね、将軍が城から出ることがなくなり、大名の牙がなくなり非違監察の価値が下がった今、留守居も大目付も名誉だけとなっている。それでも、恩恵だけは残されていた。

「お奉行の狙いは、大目付か留守居か。とにかく、町奉行より上を見ておられる」

井村主馬が口にした。

「留守居も大目付も定員は五名ていどであったかの」

雲の上の話だが、幕臣として町奉行所同心もあるていどの知識は持っている。

「そのどちらにも町奉行は手が届く」

戸川がため息を吐いた。

「だが、それには曲淵甲斐守さまが邪魔だ」

「うむ」

二人が顔を見合わせた。

南北両奉行は、なにかにつけて比較される。南町奉行はよくやっているが、北町奉行は情けないとか、北町奉行の献策はすばらしいが、南町奉行はなにもせぬとか、どちらも毎朝老中と顔をあわすだけに、評判には気を遣う。

牧野大隅守が曲淵甲斐守を蹴落とす好機とばかりに、戸川の持ちこんだ仁科屋の一件を口にしたのも、そこに遠因があった。

「焦りすぎておられる。その牧野大隅守さまにこの話を持っていってみろ。どうなると思う」

「明日早速城内で吹聴して回られるか、あるいは、これを材料として曲淵甲斐守さまに脅しをかけるか」

問われた戸川が答えた。

「うまくいくと思うか」

「いくのではないか」

尋ねた井村主馬に戸川が返した。

「証が足りぬぞ。北町奉行所の内与力さまと血鞘が親しいという証が」

「御用聞きの証言では……足りぬか」

言いかけた戸川が止めた。

御用聞きは幕府から禁止されている。いわば、御法度なのだ。その御法度の証言で北町奉行を陥れるなどできるはずもなかった。

「筆頭与力さまも、そこを懸念されていた」

「なるほどな」

戸川が納得した。

「もし、今度もそこを突っこまれて牧野大隅守さまが城中で曲淵甲斐守さまに恥を掻かされたら、吾は定町廻り同心を辞めさせせられるていどではすまぬな。まず、まちがいなく遠国の同心として放り出される」

末路を考えたのか、戸川が身を震わせた。

「わかった。なんとかして我らで血鞘を捕まえよう」

あっさりと、戸川が頭を切り替えた。

「ただし、猶予はあまりないぞ。吾が定町廻り同心でいられるのは、あと十日もない」

次の月番で辞めさせられると決まっている。戸川が焦りを見せた。

「わかっている。すでに善右衛門を北町奉行所の内与力に張り付けてある」

「さすがだな。手配は完璧か。うちの貞五郎《さだごろう》たちも使ってくれ」

戸川が己の手札を渡している御用聞きも預けると言った。

「遠慮なく借りるぞ。五日だ、五日で血鞘の居場所を探し出す。それ以上かかるようならば、一度退く」

今月中に間に合わなければ、戸川は飛ばされる。そうなっては戦力が半減した。

「他の定町廻りの手を借りる気はないのだな」

「隠密廻り同心は一人だぞ。おぬしもそうだろう。南町奉行所をあげての捕り物となれば、おぬしの功績は霞むぞ」

皆で手柄を分け合うという考えはないのかと尋ねた戸川に、井村主馬が答えた。

「……わかった」

しばらく考えた戸川が認めた。

二

竹林一栄に加担して、曲淵甲斐守と決別した者たちだったが、追放後まで一枚岩ではいられなかった。

「しくじった」

「勝てるはずであったのに」

「筆頭同心の座が……」

勝利した後のことしか考えていなかった連中である。利害関係が害だけになったとたん、まとまりを失った。

いや、本来はその手の連中を取りまとめ、復活の旗を振るべき竹林一栄がさっさと逃げ出してしまったため、そもそも強固な忠誠から集まっていたのではないだけに、あっさりと烏合の衆と化して分裂してしまった。

一人でやけになって落ちていく五賀のような者、佐田と高中のように手を組んで再起の機を待つ者、そして文句を言うだけ、傷口をなめ合うだけに集まって、曲淵甲斐守や竹林一栄の悪口を言うだけの者である。

「我らがおらねば、町奉行所は回らぬはずではなかったのか」

廻り方同心を務めていた男が怒りを見せた。

「手下どもが裏切りおったからの」

臨時廻り同心まで上がっていた男が吐き捨てた。

同心から十手と捕り縄を預かることを手札をもらうという。そして手札をもらった者は、縄張りの治安維持に力を尽くす。

「近所の男が、うちの娘に無体を仕掛けて……」

「掏摸《すり》が」

こう言った縄張りの訴えは、まず御用聞きへ持ちこまれる。

「てめえ、娘に手出しするんじゃねえ。次やってみろ、その股間の汚《きたね》えものを捻り切るぞ」

娘に不埒なまねを仕掛けた男を脅し、

「どこの縄張りで仕事してやがる。ずっと後を付いてくれるぞ」

現場を見なければ捕まえられない掏摸には、縄張りで見かけたらなにもしなくても後を付いて回るといった嫌がらせをする。

大概の場合、同心が出る前に、御用聞きの段階で話のかたはついてしまう。縄張りのことは、御用聞きがもっともよく知っていた。

そして御用聞きは、そういった事件を片付けることで町内から金をもらって生きている。同心からもらえる手当なんぞ、小遣い銭ていどしかないのだ。一応、手札をくれている同心の組屋敷には、玄関脇の小部屋に握り飯と菜の煮付け、薄い酒などが年中置かれており、手下の御用聞きや下っ引きは好きなときに食べていいとなってはいるが、そのていどでしかない。

御用聞きが同心に従うのは、縄張り内で十手をひけらかすときの後ろ盾になってくれるからだ。町奉行所が背後にあるとわかっているから、馬鹿な男も掏摸も反抗してこない。ただの町内の親爺になれば、馬鹿な男に殴り返されるかも知れないし、掏摸から蹴り飛ばされてもおかしくはない。なにより町内から金がもらえなくなってしまう。

「旦那、いや、もう旦那じゃやねえ。町奉行所から目を付けられた浪人でしかない。

町内への出入りは止めていただきましょう。次はございやせん。見つけたら、大番屋へ突き出しやす」

逃げ出した廻り方同心は、昨日までの手下から現実を突きつけられた。

「今まで世話をしてやった恩を忘れやがって」

「そのぶん、働きやした。一年で一両の手当で、人を遣えたんでございましょう。女中でも三両はもらえるというに」

苦情を言うもと廻り方同心へ御用聞きが反論した。

「それに旦那に従ったところで、明日はござんすかえ。この十手と捕り縄は遣えやすかね」

「……………」

もと廻り方同心は黙るしかなかった。

「て、てめえもおいらに言われて、町内の巡回をしていなかったじゃねえか」

「ちゃんと詫びやしたよ。新しい旦那に付いてきていただき、町役人、大家、商家と頭を下げて廻りやした。おかげで今年は合力なしになりやしたがね」

同罪だと責任の一端を御用聞きに押しつけようとしたもと廻り方同心に御用聞き

が言い返した。

本来ならば、合力の金を受け取って、町内の治安を守る責任を負っていた御用聞きである。いかに旦那の命とはいえ、強請集《ゆすりたか》りを見逃したり、掏摸とわかっていても放置していたのは罪である。

「町内から出ていけ」

こう言われてもしかたない。ただ、それをすると新しい御用聞きを探さなければならなくなる。町内の後ろ暗いところまで熟知した者となると、そうそうにはいない。それに御用聞きを替えると、その配下の下っ引きまでいなくなる。これでは、一時とはいえ、町内の治安はより酷《ひど》くなる。

そこは町役人といえども商人である。腹立ちよりも利を取って、今までの御用聞きを復帰させた。もちろん、無罪放免ではなく、一年の合力金なしという罰を与えている。

「二度はないよ」

町内を仕切る有力な商人に念を押されたうえ、

「しっかり働かねば、捕まえるぞ」

新たに手札をくれた同心からは、釘を刺された。御用聞きなんぞ、一つ裏返せば無頼の親玉のような者だ。なにかと後ろ暗いことをやっている。ただ、それを咎めるより、利用したほうがましだからと見逃されているだけである。

「承知しております」

御用聞きはうなずくしかない。

町内の商人から切られれば、収入がなくなる。罪をあきらかにされて捕まれば、牢屋敷へ送られる。無頼から仲間を売る者として蛇蝎《だかつ》のごとく嫌われている御用聞きが入牢すればその日のうちに仕置きされるのが通例で、まず生きて牢屋敷は出られない。

もちろん、町奉行所も牢屋敷もそれをわかっていて助けない。御用聞きには町奉行所が十手という免罪符を与えている。その免罪符を悪用されては、町奉行所への信頼が揺らぐ。それだけは認められないのだ。微罪で牢屋敷から出てこられては面倒になる。御用聞きの悪事は十手を預けてくれた旦那の責任にもなる。出てきてから、八丁堀をうろつかれても困る。だから死んでくれると助かった。

「きさまの悪事をばらしてくれるわ」

もと廻り方同心が御用聞きを脅迫した。

「どうぞ。で、どこへお届けになるので。自身番でございますか、大番屋で。それとも直接北町奉行所へ訴えて出られますか」

「ううう」

返されたもと廻り方同心が呻いた。北町奉行所から付け狙われているのは、もと廻り方同心のほうなのだ。

どれほど腹に据えかねようともできるはずはなく、もと廻り方同心はすごすごと去って行くしかなかった。

「どいつもこいつも、今まで散々世話をしてやったというに」

御用聞きではなく、己の出入り先であった商家へ顔を出した別のもと廻り方同心がぼやいた。

「よく顔を出せたもので」

どこの商家でも氷のような対応をされた。守るべき縄張りを権力争いの材料として放置したのだ。金を出していた商家が怒るのは当然であった。

「金をくれるどころか、塩を撒かれたわ」

髷《まげ》に白い粉を載せたままでもと廻り方同心が愚痴をこぼした。

「どうする」

「吾はあと十両もない。家族もおる。これでは三カ月も保つまい」

集まっていたもと同心たちが困り果てていた。

「どうであろう、曲淵甲斐守さまに謝罪をして、もう一度抱えていただくというのは」

一人の若いもと同心が発言した。

「もう欠員も埋まっていよう」

定員がある。今更無理だろうと歳嵩《としかさ》のもと同心が否定した。

「我らは筆頭与力の竹林さまの指示に従っただけで、なにも法度を犯したわけではない」

若いもと同心が悲愴な顔をした。

「言われたことをやっただけで、放逐されるのはおかしい」

「そうなのだがな、それが通るとは思えぬぞ」

歳嵩のもと同心が若いもと同心を宥めた。

「見習いを五年、やっと家督を継いだばかりで、まだ嫁ももらっておらぬ」

若いもと同心が泣きそうな顔をした。

「宇佐美《うさみ》、そなた婚約をかわしていたのではなかったか」

「破約になり申したわ」

宇佐美と言われた若いもと同心がうつむいた。

「筆頭同心さまの娘であったかの。それは残念じゃ」

歳嵩のもと同心が、宇佐美を慰めた。

「筆頭同心さまも見事であったな。左中居さまが怪しいと感じた途端に、あっさりと竹林さまを見限った」

「………………」

あきれるような口調で言う歳嵩のもと同心に、宇佐美が黙った。

「……どこへ行く」

立ちあがった宇佐美に、歳嵩のもと同心が問うた。

「筆頭同心さまのもとへ行ってくる。縁がなかったわけではない。おすがりしてみる」

宇佐美が告げた。

「無駄だと思うがの。どれ」

ため息を吐きながら歳嵩のもと同心も腰をあげた。

「拙者も同道しよう。筆頭同心さまにお詫びしたときの反応で、対応も変わろうしな」

歳嵩のもと同心が一緒に行ってやると告げた。

市兵衛を捕まえたのが亨であったことは、少なからず北町奉行所を揺るがせた。

「数カ月も経たない内与力にできて、何十年という経験を重ねた老練な同心たちには無理だと。おもしろいの」

曲淵甲斐守から盛大な嫌味を喰らわされることになった筆頭同心が不満を持ってても当然であった。

「なにをしていた」

朝、巡回に出る前の廻り方同心を集めて、筆頭同心が怒りを露わにした。

「申しわけございませぬ。ですが、今回のことは偶然としか言えませぬ」

定町廻りで早くから竹林一栄を見限り、無事に今回の粛清を避けられた石原参三郎が筆頭同心に詫びを述べてから反論を始めた。

「偶然という言葉ですますつもりか」

筆頭同心が石原参三郎を睨みつけた。

「いえ、決して責任を逃れようとしていたわけではなく、今回の場合は、城見さまの存じ寄り、日本橋の播磨屋伊右衛門どのが、手立てを持っておられたからで」

「むっ」

播磨屋伊右衛門の名前が出たところで筆頭同心が黙った。

豪商というのは、どこにどういった伝手を持っているかわからない。それこそ大名でさえそうそう会えない老中と膝詰め談判できる商人はいる。

「よく話を聞いておけ」

筆頭同心がそれ以上咎めるのを止めた。

「……ふうう」

石原参三郎がため息を吐いた。

「筆頭どのもよく言えたものよな」

同じように叱られていた定町廻り同心の木村《きむら》があきれた。

「仕方あるまい。筆頭与力が消え、町奉行所は曲淵甲斐守さまによって掌握された。甲斐守さまに睨まれれば、誰もかばってくれぬ」

石原参三郎が筆頭同心の立場を慮った。

「やさしいの、おぬしは」

「いいや、本当にやさしければ、厳しく言い返すさ。無茶を言うお奉行を宥めての筆頭同心でございましょうとな。それに探索は廻り方同心が専門、お口出しは無用にとお奉行を諫めてくれとも言うな。それをするだけの価値はない」

石原参三郎が告げた。

「むうう。怖ろしいの、おぬしは」

木村が唸った。

「一切反論をしないわけではないが、大筋でお奉行の無理を定町廻り同心が認めていると筆頭同心どのが思いこめば思いこむほど、お奉行との乖離《かいり》が進む」

「まあ、そうなるな。お奉行は我らからの文句がないのは当然のことだからと思いこむ。そして筆頭同心どのは、我らがお奉行に対し萎縮していると思いこむ。ようはなんでも言えば通るとお奉行と筆頭同心どのが信じたときに反撃開始じゃな。我ら定町廻り同心が組んで、お奉行に無理の撤回を申し入れる。筆頭同心どのから、定町廻り同心は完全に掌握されていると聞かされていたお奉行はどう思われるかの」

木村の理解に、石原参三郎が笑った。

「筆頭同心どのが、つごうのいいように、偽りを報告していたとお考えになろうな」

同じく木村も口の端を吊り上げた。

「散々竹林の走狗《そうく》をしておきながら、最後の最後で逃げを打つ。定町廻りに手を抜けと指示したのは竹林だったが、直接我らにそれをさせたのは、筆頭同心であった。それが責も負わず、そのままの地位にあるなど、追い出された者どもが哀れだ」

石原参三郎が険しい顔をした。

「そういえば、追い出された連中の多くはどうしておるかの。五賀や高中のように動勢のわかる者もおるが、宇佐美たちの姿は見えぬな」

ふと木村が口にした。

「気にする意味などなかろう。あやつらも命じられたとはいえ、己の巡回地を見捨てたんだ。そんな連中が町奉行所の役人であったとは情けない。帰ってこられぬようにすべき」

端から竹林一栄に反対していた石原参三郎が憤慨した。

「まこと、定町廻りをするために生まれてきたようなものだな、おぬしは」

木村が感心した。

三

亨は市兵衛を捕まえたおかげで多忙になっていた。

「吟味に立ち会われては」

竹林一栄の跡に吟味方となった与力が亨を誘った。

「それも経験じゃの。行ってこい」

曲淵甲斐守も認めたため、亨は三日に一度、牢屋敷へと出向く羽目になった。

大番屋で人定《じんてい》検《あらた》めを終えた犯人は、罪の軽重によって扱いは変わるが、放免となる軽罪でもない限り、日本橋小伝馬町の牢屋敷へと送られる。

牢屋敷は小伝馬町にあり、敷地およそ三千四百八十坪を誇る。全体を東と西に分け、それぞれに大牢、二間牢、揚屋《あがりや》があった。このうち大牢と二間牢が庶民、揚屋は武士、神官、僧侶、女を収容した。

市兵衛はこのうち西の二間牢に収容されていた。二間牢はその名の通り、二間（約三・六メートル）四方で、主として取り調べを要する者、あるいは大牢に入れるには辛《つら》い商家の主などが入れられている。もっとも西牢は無宿者を放りこむためのもので、商家の主が罪を犯した場合は東の二間牢と決まっている。

今、西の二間牢に入っているのは市兵衛の他に、喧嘩で人を傷つけた博徒だけであった。

「市兵衛、ご詮議《せんぎ》だ」

西の二間牢に牢屋同心が迎えにきた。

「……………」

黙って市兵衛が西の二間牢の狭い入り口を潜った。

ここで嫌だと我を張っても意味はない。二間牢の天井と床を除いた四方は格子造りで、身を隠すことはできない。抵抗しても、格子ごしに六尺棒を突き入れられて、痛い目をみるだけである。牢屋同心や下男は、こういうとき遠慮をしない。

「連れて参りました」

牢屋同心が詮議場へと市兵衛を護送してきた。

「ご苦労である」

吟味方与力が鷹揚にうなずいた。

詮議場にも二つあった。一つは別名拷問蔵と呼ばれるもので、海老責めや石抱きなどの拷問をするためのものである。とはいえ、拷問は老中の許可が要ったり、牢屋医師の立ち会いが必須なため、そうそうおこなわれることはなく、普段の尋問には牢屋敷の中庭に設けられている石畳の小部屋が使われた。

「……おめえは」

詮議部屋に入ってきた市兵衛が、亨を見つけた。

「内与力どのが立ち会われる」

吟味方与力が告げた。

「……内与力さまが……」

市兵衛の見張りに残った牢屋同心たちも驚いた。

小伝馬町の牢屋は、牢奉行石出《いしで》帯刀《たてわき》の支配になる。石出帯刀は大番士、徒目付《かちめつけ》を経た後、徳川家康が江戸へ入府の際、盗賊を捕縛、その身を預けられたことで牢奉行の世襲を命じられた。牢奉行は家禄三百俵、町奉行の支配下になり、与力と同格とされている。牢奉行が与力格なため、配下は同心となる。定数は五十八人、禄は五両二人扶持から経験と役職によって変化し、罪人の詮議を担当する調べ役となってようやく十両三人扶持になる。十両三人扶持は、町奉行所同心とほぼ変わらないが、格は一枚下とされた。

「神妙にいたせ」

吟味方与力の一言で、詮議が始まった。

市兵衛が床に敷かれた目の粗い薦《こも》の上に正座させられ、腰に結びつけられた紐を牢屋同心がしっかりと握る。

「市兵衛、そなた無宿でまちがいないの」

「…………」

吟味方与力の問いに市兵衛が黙った。

無宿者とは、生国と縁が切れ、人別から抜かれた者のことを言う。人別がないということは、幕府にとって年貢を納めない浮浪の者であり、普通の町民とは扱いが違ってくる。同じような盗みの罪でも、無宿者が犯せば重くなるのだ。

「まちがいないようだな」

返答がないことは肯定だとするのが町奉行所の詮議である。異論を言わない限り、話はどんどんと進んでいく。

もっとも罪を犯せば、親類縁者に影響が及ぶ。八代将軍吉宗によって連座はなされたとはいえ、世間の目は厳しい。

また、町奉行所も親戚を罪には問わないが、わざと実家やかかわりのあるところへ御用聞きや同心を行かせて、周囲に状況を知らせるようにする。世間から冷たい目で見られるようにして、一種の見せしめとするのだ。

微罪で周囲への影響が小さいとか、隠しようもなく罪があきらかになっている場合などは別であるが、当然、捕まった者は無宿者と主張することになる。

それをわかっているため、吟味方与力もそこで無駄な押し問答をしたりはしない。

「浜町の仁科屋で金を盗んだのはおまえだな」

「知りやせん」

確認された市兵衛が否定した。十両盗めば首が飛ぶと決められている。二百両以上を盗んだと認めれば、余罪のあるなしにかかわらずそれだけで死罪になる。

「神妙にせぬか」

わかりきったことだが、それをぬけぬけと否認する市兵衛に、吟味方与力が怒った。

「知らないものは知らないとしか……いつっ」

ふてぶてしい市兵衛の背中を調方牢屋同心が竹の棒で打った。

「有り体に白状せんか」

竹の先をわざと割ってささくれ立たせた棒を振り上げた調方牢屋同心が、市兵衛を怒鳴りつけた。

「……あっしじゃございやせん」

「きさまっ、まだ言うか」

「では、二カ月前、本所太平町の古着屋伊勢屋喜平《いせやきへい》宅で盗みを働いたのは、そなたであろう」

もう一度竹で市兵衛を打とうとした調方牢屋同心をそのままに、吟味方与力が問うた。

「……っつうう。それも同じで」

痛みをこらえながら市兵衛が応じた。

「では……」

淡々と吟味方与力が詮議を重ね、ところどころで調方牢屋同心が、打擲《ちょうちゃく》を加える。

市兵衛の否定などかかわりなく、詮議は進んだ。

「………」

亨は啞然と見ているだけであった。

「さてと、本日はここまでにいたす」

半刻（約一時間）、儀式のような詮議をした吟味方与力が、後ろで筆を走らせていた書役の牢屋同心へ合図をした。

「戻りましょうか、城見どの」

「あ、はい」

吟味方与力に促されて、亨も掛けていた床几から腰をあげた。

「市兵衛、首を横に振り続けていればごまかせると思うなよ。そなたが内与力どのに捕まったときのことを思い出せ。そなたの死罪は動かぬ。せめて後生のため、余罪を白状して、身軽になってあの世へ行くべきだと思うぞ」

詮議所を出かけたところで、吟味方与力がいままでの感情のない雰囲気を捨て、厳しい目つきで市兵衛を見つめた。

「…………」

市兵衛がなにも言わず目を逸らした。

「大盗賊として名前の残せる男ではないな。参りましょうか、城見どの」

嘲笑を残して、吟味方与力が詮議所を出た。

「あのようなもので、詮議はよろしいのでございますか」

もっと厳しいものを想像していた亨が、吟味方与力に尋ねた。

「甘く見えましたか」

「…………」

笑いながら確認してくる吟味方与力に、亨は答えられなかった。否定は嘘《うそ》になるし、肯定すれば、吟味方与力を馬鹿にしていると取られかねなかった。

「最初から、厳しく責め問うわけにはいかないのでございますよ。これが盗賊の集まりで、仲間がいるとわかっているなどだと、できるだけ早く捕まえないと逃がしてしまったり、新たな被害が出ますが、一人で盗みを働く者だとその心配はございませぬ」

「なるほど」

「それに市兵衛は、すでに死罪が確定しておりまする。白状しようがしまいが、罪の軽重には一切かかわりございませぬ」

「では、なんのためにご詮議を」

処分が決まっているなら、さっさとすませてしまえばよいのではと、亨が訊いた。

「あの手の者は、他にも盗みを働いておりまする。いつ、どこへ入ったかを調べられれば、それの犯人捜しを止められましょう。さすれば、他の事件の探索にその人手を回せまする」

「たしかに」

犯人さえわかれば、事件は解決になる。盗人にやられた被害の補償は幕府の仕事ではない。今回のことでも仁科屋から奪った金の多くをまだ市兵衛は持っていたが、これは幕府が取りあげてしまい、仁科屋へは返還されなかった。

「金に印があるわけではなく、この金が仁科屋から盗まれたものとは限らない」

幕府が収公する名分はこうであり、あきらかに仁科屋とわかる金包みの特徴や金ではない品物などの場合は、返還されるときもある。それでもかなり面倒な手続きと、幾ばくかの賄賂を遣わなければならない。

「有り体に申せば、町奉行所役人が楽になる。ということなのでございますがな」

吟味方与力が笑った。

「それはなんとも」

真正直な告白に亨は困惑した。

「ですが、市兵衛にとっても利のあることなのでございますが」

「利があるとは」

牢屋敷を出て、町奉行所へと道を取りながら二人の会話は続いた。

「死罪は翻りませぬ。もっとも調べのなかで人助けでもしたとわかればわかりませんが……まあ、一度や二度人助けをしたていどで、市兵衛の死罪はひっくり返りません。十両で首が飛ぶ盗みを仁科屋だけで二百両以上、単純に二十回首がなくなるわけでござるからな。そうでなければ、法の意味がございませんから。法は厳格でなければなりませぬ」

「……はい」

亨も大坂町奉行所時代を含めて、法度の重要さはわかっている。だが、決められた通りにしか運用できない法度というものには、なにか納得いかなかった。

「お若い」

吟味方与力が不服そうな亨を見てほほえんだ。

「………」

「申しわけない。貴殿を笑ったわけではございませぬ。そうそう、市兵衛の利の話でございましたの」

謝罪に続けて、吟味方与力が話を戻した。

「素直に白状してくれれば、こちらの心象がよくなりまする」

「はあ……」

亨が怪訝な顔をした。死罪は避けられないのに、町奉行所の心象をよくしたところで意味がないのでないかと思ったのだ。

「おわかりにならなくて当然でございますな。まあ、牢屋敷は地獄だとお考えくだされば、わかりまする」

吟味方与力が亨に告げた。

「今は詮議のため二間牢におりますが、それを終えれば市兵衛は大牢へ移されまする」

「はい」

「そして大牢は、牢奉行でも手出しできない場所なのでございますよ」

「牢奉行どのでも手出しができない……」

亨が首をかしげた。

「御上は罪人の面倒を見る気はございませぬ。罪人に手をかけるならば、良民を手助けすべきでしょう」

「それはそうでございますが」

吟味方与力の言いぶんは正しい。罪人に人と金を遣うよりも、良民のために療養所や学問所などを作ったほうが、徳川家としても利になる。

「牢屋敷は、罪人を更生させる場ではなく、罪人を世間から切り離すためのもの。

ゆえに微罪の者は、さっさと敲《たた》きなどの刑をすませて出しまするし、重追放なども牢屋敷には置きませぬ」

幕府は罪の決まった者を牢屋敷からさっさと出した。

百敲きなどの罪だと執行するなり、牢屋敷の門前から放り出す。背中の傷なんぞの手当はしない。身内あるいは係累が引き取っていかなければ、牢屋敷の門前を離れたところへ放置する。

江戸所払いも決まったとたんに牢屋敷から出して、品川を始めとする四宿まで町奉行所の同心が同行し、そこで解き放つ。江戸へ戻ってこぬように言い聞かせるくらいで、実際どうするかまでは気にしない。もちろん、江戸で見つければ捕まえる。

それが、遠島や死罪であっても基本は変わらない。遠島だとすぐに牢屋敷を出されないが、これは潮待ちのためで、うまく風が合えば決まった翌日にでも船に乗せられた。死罪については、執行に老中の判が要ったため、かなり状況が変わった。とはいえ、数年にわたって判をつかないということはまずなく、たいがいが月番交代の折にまとめて処理された。

「牢屋敷は、罪が決まっていない者を収監する……」

「さようでござる」

亭の答えを吟味方与力が認めた。

「それにしては、多くございませぬか」

牢屋敷は罪人で溢《あふ》れそうになっていると亭は町奉行所へ出される報告で知っていた。

「罪が決まらぬ……捕まっても罪を認めぬ者がそれだけ多いということでござる。最初は詮議をするため二間牢ですが、いつまでもとはいきませぬ。次から次へと罪人が牢屋敷へ運ばれてくるわけでございますゆえ。詮議で自白しないと一定のところで、大牢へ移されて放置になりまする」

「放置とは……」

職務怠慢ではないかと亭が驚いた。

「手を抜いていると言われてもいたしかたございませんが、北と南の二つ合わせて与力五十騎、同心二百四十人しかおらぬのでございまする。それで江戸の治安、火事の予防や小石川養生所などの政をおこなえるわけございませぬ」

「…………」

　吟味方与力の言葉が正しいことは亨もわかっていた。反論するほど亨は世間知らずでも、無謀でも、無責任でもなかった。

「毎日増える詮議待ちの者ども。あまり手間をかける相手への対応が悪くなるのは当然でございましょう」

「なんともお答えできませぬ」

　認めても否定しても、町奉行所改革を進めている主君曲淵甲斐守の姿勢にかかわってしまう。亨は逃げた。

「無理ございませぬ。まあ、町奉行所の役人も人でござれば、素直な者は可愛い、逆らう者はうっとうしいとなりまする」

「わかりまする」

　人として当たり前だけに、亨は認めた。

「詮議に従わない者は大牢へ入れて放置する。罪を認めていない者、いわば御上に刃向かった者の面倒までは知りません。牢のなかに我らは一切手出しをいたしませんん」

「それは理解しましたが……」

「先ほども申しました。毎日罪人は増えている。ですが、牢屋敷は建て増しされておりません。つまり、狭い牢に多くの罪人がひしめき合うことになりますな」

「はい」

「人というのは、他人との距離がなければたまりませぬ。それが家族でもずっと一緒ならば、負担になりまする。ですが、風呂、厠《かわや》、就寝など普通の生活ならば、一人になることはできまする。しかし、牢に風呂はなく、厠も牢のなかに置かれた桶ですませるしかない。寝るときも人が多すぎて、横にさえなれない」

「不満がたまる」

「たまった不満はどこかで爆発する。その爆発はどこへ向かうか。牢役人に向けられはしませぬ。となれば、同牢の者……」

「まさかっ……」

「病死ですよ。急病死。ちゃんと牢屋医師の検死もござる。といったところで、百人が百人、急な心の病で頓死となりますが」

「それはっ」

さすがに亨も見過ごせなかった。

「いたしかたございません。大牢から出たければ、白状すればよいだけ。しないということは、それを覚悟しているのでしょう」

淡々と吟味方与力が語った。

「市兵衛もわかっているはず。このままだと近いうちに大牢へ移される。そして不意に捕らえられた市兵衛は、牢のなかへ金を持ちこめていない。しっかり大番屋で裸にして取りあげましたからな」

「牢屋に金を持ちこむことができるとは」

聞いた亨が驚いた。金がなければ生きていけないのは、世間も同じである。亨も賄賂を受け取りはしないが、なしでやっていけるとは思ってもいない。だが、牢屋のなかまで金次第だとは思ってもいなかった。

「命の蔓と言われてましての。持ちこんだほとんどを長く牢に居座っている者に取りあげられますが、その代わり殺されずにすみまする」

「その金を市兵衛は持っていない」

「さよう。捕まるとわかっている連中は、二分金あたりを呑みこんだり、尻の穴に隠したりして持ちこむのでござるがの、市兵衛はそれができなかった。無一文で牢入りになってしまった。これは命の危機」

念を押すような亨に吟味方与力が応じた。

「大牢に入れられれば、市兵衛はよくて十日、悪ければその日に殺されましょうな」

あっさりと吟味方与力が述べた。

「自白すればどうなりまする」

「死罪の日まで二間牢で過ごせる」

問うた亨に吟味方与力が答えた。

「おそらく、あと二回。三回目の詮議の日に落ちましょう。だいたい三度の詮議で黙っていれば、責め問いか大牢行きでござる。それくらい、市兵衛も存じておりましょう」

「では、今の抵抗は……」

「簡単には屈しないという盗賊の意地……でしょうなあ。まったくなんの価値も意味もないことだというに」

無駄なことをなぜするのかとの質問をした亨に、吟味方与力が口の端を吊り上げた。

四

牢屋敷から北町奉行所までは、さほど離れてはいない。

「お疲れさまでござる」

北町奉行所に戻った吟味方与力が、亨をねぎらった。

「牢屋敷は初めてでございましたかの。いかがでござったか」

「驚きましてござる」

素直に亨は感想を述べた。

「でござろうなあ。与力も同心も、見習いのときに牢屋敷へ出向かされますが、皆、その日は呆然として帰って参りまする。かく言う拙者も、見習いのときは愕然といたしましたな」

懐かしそうに吟味方与力が語った。

「となれば、当然かの」

吟味方与力が一人で納得した。

「なにがでござる」

亭が問うた。

「貴殿は、なかなかの遣い手だと聞いておりました」

「遣い手と言えるほどではございませぬが、いささか覚えはござる」

剣術を得手としているだろうと言った吟味方与力に、亭は胸を張った。自慢というのもあるが、それ以上に竹林一栄の跡継ぎを生ませないよう、町奉行所役人を威圧しておくべきだと考えたからだ。

「後を付けられておりましたぞ」

「……えっ」

吟味方与力の言葉に、亭が愕然とした。

「牢屋敷を出たところで気づきましたが、貴殿はまったく……」

「それは真でござるや」

状況説明に亭は問いただした。

「真も真。あれは御用聞きでござろうな。町人体の者が二人、六間（約十・八メートル）ほど後ろから、貴殿の足下を見ておりましたぞ」

「むうう」

指摘された亨が唸った。

「牢屋敷の衝撃で、気がそぞろになられたのでござろう。あまり悔やまれずとも」

「情けないことでございました」

慰められた亨が頭を垂れた。

「思いあたるところは、山ほどおありでござろう」

「はい」

亨はうなずいた。

「お気を付けなされ。貴殿は良くも悪くも、北町、南町、両方の目を集めておられるからな」

吟味方与力が忠告した。

「かたじけなし」

礼を言った亨は、大きく呼吸を繰り返した。

「では、御免」

心を落ち着かせて、亨は吟味方与力と別れた。

思ったよりも詮議に手間がかからなかったことで、昼前に牢屋敷から町奉行所へ帰還した亨は、曲淵甲斐守への報告をする前に、播磨屋伊右衛門のもとを訪れる気になった。

「後を付けてくる者を見たいしな」

北町奉行所の表門を潜った亨は、さりげなく辺りを見回した。

「……おらぬか」

常盤橋御門を入ったところにあるだけに、北町奉行所の周辺に町人は近づきがたい。訴訟事でもなければ、まず近づきたいところではない。

「となれば、門を出たところだな」

亨はゆっくりと歩き出した。

「……出てきたぞ」

「へい」

善右衛門の合図に志村の顔を知る壮年の配下がうなずいた。

「気づかれるんじゃねえぞ」

「合点で」

二人は少し間を空けて、別々に亨の後を付け始めた。

「たしかに、おるわ」

気を付けていれば、わざわざ振り向かずとも背中だけで気配を感じることはできる。

「いかに衝撃であったとはいえ、あのていどのことで心乱すようでは、まだまだだな。志村に言えば、笑われよう」

亨が苦笑した。

「どこで捕まえるかだが……」

亨が行く道は天下の公道である。後ろにずっといるからといって、同じ方向に行くのだと言われれば捕まえる理由はなくなる。

「どちらにせよ、吾と播磨屋どのとのかかわりは知られているはず。播磨屋どのに相談するしかないな」

小さく呟いた亨は、もう後ろを気にすることなく、歩いた。

「まったく気にしていねえな」

後を付けていた善右衛門が、亨の様子に首をかしげた。

「あの浪人が血鞘だと知ってつきあっているならば、そうおうの警戒をすると思うのだが……」

無防備に近い亨の背中に善右衛門が困惑していた。

「親分」

善右衛門の身振りを気にした壮年の配下が近づいてきた。

「太一《たいち》、まちがいねえな。血鞘に」

もう一度善右衛門が確認を求めた。

「そう言われると……」

太一と呼ばれた壮年の配下が自信をなくした。

「血鞘を見たと言ったろう」

「それはそうなんでやすが、ちと離れたところで、偶然でござんして」

険しい声で言われた太一がより萎縮した。

「ちっ。しっかりしろ。今更、人違いでしたなんぞと言えねえんだぞ」

これだけ大事にしたものを、勘違いでしたで終わらせようものなら、善右衛門は井村主馬から見捨てられる。

「…………」

太一がうつむいてしまった。

「馬鹿野郎、しっかり周りを見ろ。血鞘がいつあいつに近づいてくるかわからねえだろうが」

「すいやせん」

叱られた太一が顔をあげた。

「おっ、やはり播磨屋へか」

亭の姿を目で追っていた善右衛門が口にした。

「北町の曲淵甲斐守さまと播磨屋が親しいというのは、まんざら偽りでもなさそうだな」

善右衛門が独りごちた。

「親分、このまま店の前を過ぎやすか」

まさか同じように播磨屋へ入っていくわけにもいかない。太一が尋ねた。

「ああ、なかにあの内与力がいるかどうかを見ながら、一度通り過ぎる」

善右衛門が指図した。

播磨屋に入った亨を、伊右衛門が出迎えた。

「おいでなさいませ」

「播磨屋どの、どうしてここに」

店にいるとは思っていなかった亨が、驚いた。

「おかしなことを言われる。ここはわたくしの店でございますよ。いて不思議ではございますまい」

「そうであったな。失礼をした」

播磨屋伊右衛門があきれた。

亨は詫びた。

「咲江でございますな。奥におりまする」

「いや、咲江どのではなく、播磨屋どのに伺いたいことがござって」

断定する播磨屋伊右衛門に亨が首を横に振った。

「わたくしに……それはよろしゅうございますが、若い男が年寄りの爺に会いたいではよろしくございませぬ。若い女を求めてこそ……」

「大叔父はん、城見さまをその辺のくだらない男はんと一緒にせんとって」

奉公人から亭が来たと知らされたらしい咲江が店に出てきて、播磨屋伊右衛門の発言に嚙みついた。

「儂は、おまえのためを思ってだな」

「もう」

笑いながら応じる播磨屋伊右衛門に咲江が拗ねた。

「まあ、奥へ。咲江、ご案内をね」

「はい。どうぞ、おいやして」

咲江が亭の先に立った。

身内扱いされている亭は、いつも播磨屋伊右衛門の居室に通される。

「お待たせをいたしました。少し、店のことをいたしておりましたので」

播磨屋伊右衛門が下座に腰を下ろした。

「いや、咲江どのにお相手をしていただいていた」

退屈はしなかったと亭は手を振った。

「みょうなことを言いませんでしたか」

「いや、なかなかおもしろいお話であった。灘《なだ》からの酒樽が届いたときには、かなり減っているとかの」

亭が咲江から聞いた話について口にした。

「まったく、城見さまにお聞かせするようなことではございませんのに」

播磨屋伊右衛門が苦笑した。

「いや、おもしろかった。船乗りが酒樽の中身を失敬するとは知らなかった」

亭が笑った。

「一応、船乗りが酔うためのものではございません。船魂さまという航行安全の神さまにお供えするという形を取っておりまする。ちょうどお寺のお供物と同じでございますな。あげる相手は仏さまですが、実際お召しあがりになることはなく、食べるのは住職になりましょう。船の御神酒も朝、お供えしたらそのまま船乗りの口に入ると」

たとえを交えながら、播磨屋伊右衛門が説明した。

「それを見逃される」

「神さま信心でございますから。禁止してその船に何かあったら、お供えを止めさせたからだと船乗りたちが騒ぎまする。そうなれば、わたくしどもの荷を運ぼうという船はなくなりまする」

「やむを得ないということでござるか」

「もちろん、限度はございますよ。御神酒だといって一升だとかは、許せませぬ。せいぜい、一日二合ていどでございますから、見逃しておりまする」

「実害よりも利が多い」

「利が多いといえるかどうかはわかりませぬが、これも長年の慣習というものでございまする」

確かめるような亨に播磨屋伊右衛門が首肯した。

五

「ところで、今日はどのような」

「じつは……」

雑談をしめて、用件を促した播磨屋伊右衛門に亨が牢屋敷での話をした。

「おうおう、そうでございました。仁科屋さんに入った盗賊を城見さまがお捕まえになられたとか。お手柄でございまする」

まず播磨屋伊右衛門が亨を称賛した。

「いや、あれは志村どののご助力でござる」

亨が謙遜した。

「いえいえ。志村さまが知っていたのは偶然。それも城見さまのお働きでございますよ。よき交流ができていなければ、志村さまもわざわざ本所まで行かれませぬ」

「そうかの。ならばうれしいことでござる」

うれしそうに亨が応えた。

「さて、牢屋敷でございますか。あいにく、わたくしは入ったことがございませんので、なんとも申しようはございませんが、見せしめとしてはよろしいのでは」

「見せしめでございまするか」

亨が播磨屋伊右衛門の意見を繰り返した。

「盗みや掏摸などは、日常にございまする。ここ日本橋で店をいたしておりますと、何日に一回は、掏摸に遭われる方を見ます」

「そんなに……」

　播磨屋伊右衛門の言葉に亨が絶句した。

「掏摸はすぐにやろうと思ってできるものではございません。他人の懐に手を入れ、紙入れを奪う。これを気づかれずにしなければなりません。手練が要りまする」

「同じ掏摸だと」

「さようでございまする。掏摸を捕まえねば、被害は終わりませぬ」

　尋ねる亨に播磨屋伊右衛門が首を縦に振った。

「捕まえた掏摸を世間に戻すよりは、牢屋敷で飼い殺しにしたほうがまし……」

「でございまする。掏摸に遭ったことで、大事な取引の金を奪われ、首を吊った商人もおりまする」

「それは……」

　被害の大きさに亨は言葉を失った。

「善良な民からしてみれば、世間に帰ってもらっては不安になって当然でございましょう」

「…………」

　亨は反論できなかった。

「たしかに魔が差したというときもありましょう。そういった連中は、捕まったらすぐに畏れ入って、すべてを話しまする。結果、牢屋敷におるのは半月ほどで、咎めを受けて出て参りまする」

「今、牢屋敷に居着いている奴は、何度も罪を重ねた碌でなしだと」

「はい。反省することなど天地がひっくり返ってもございません。しびれをきらした町奉行所が、適当に罪状を決めて、牢屋敷から追い出すまでじっとしているだけ」

「……そしてまた罪を繰り返すか」

「はい」

ため息を吐くように口にした亨に播磨屋伊右衛門がうなずいた。

「悪の巡り合わせ……か」

　亨が肩の力を落とした。

「そうと表現するしかございませんな。篤志家の方が、仕事のない者に炊き出しをなさったりしておりますが、それも続きませぬ」

「なぜ、続かぬのでござる。費用でござろうや」

「金の問題もございましょうが、それではございません。篤志家の方が襲われるのでございますよ。炊き出しをするだけの金が余っているなら、いただこうじゃないかと」

疑問を呈した亨に播磨屋伊右衛門が苦い顔をした。

「人のすることではない」

「まことに」

亨の意見に播磨屋伊右衛門が同意した。

「一度、お奉行さまにお話ししてみまする」

「甲斐守さまならば、よい手立てをお考えくださいましょう」

曲淵甲斐守に報告するしかないと言った亨に、播磨屋伊右衛門が首を縦に振った。

「そろそろお昼でございまする。ご一緒いただけますか」

「八つ（午後二時ごろ）には、奉行所へ戻らねばなりませぬ」

昼餉を共にと勧めた播磨屋伊右衛門に亨が応えた。

「それほどたいそうなものはお出しできませんよ」

播磨屋伊右衛門が笑った。

「おい」

亭の許可を得た播磨屋伊右衛門が手を叩いた。

「おう」

野太い声がして、志村と池端の二人が入ってきた。

「ご一緒でよろしゅうございましょう」

「ああ。喜んで」

播磨屋伊右衛門の問いに、亭は頰を緩めた。

「先日は助かった」

「今度一杯奢《おご》れ」

礼を述べた亭に志村が求めた。

「かまわぬが、煮売り屋だぞ。こちらは薄禄のうえ、部屋住みなのだ。自在に遣える金は少ないからな」

亭が高いところは無理だと釘を刺した。

北町奉行所で内与力として八十石を与えられている亨だが、まだ城見家の家督は父桂右衛門《けいえもん》にあり、その収入は城見家へ入れられる。つまり、亨は内与力という要職にありながら、いまだ父から小遣いをもらっていた。

「安心しろ。肩の凝りそうな料理屋なんぞ、こっちからお断りだ」

志村が笑った。

「ただし、その後で吉原へ誘ってくれるというなら、話は別だ」

おどけて志村が続けた。

「冷めますえ」

仲良く話している亨と志村の間に咲江が割って入った。

飯と汁、生節と菜の煮付けという食事は、半刻（約一時間）ほどで終わった。

「馳走でございました」

「お粗末さまでございました。また、これに懲りられず、お出でくださいませ」

店の表まで帰る亨を、昼餉に参加した者たちが見送った。

「今度、穴八幡宮へ連れてってくださいまし」

播磨屋伊右衛門の挨拶に続いて、咲江が願った。

「穴八幡宮といえば、早稲田の」

「はい。虫封じにええと聞きますよって」

「虫封じ……」

ほほえみながら言う咲江に、亨が怪訝な顔をした。

「すまん。拙者が要らぬことを申したせいだ」

志村が亨の肩に手を置いて詫びた。

「どういうことだ」

「わからぬなら、わからぬでいいさ」

まだ理解していない亨に、志村があきれながら笑った。

「おい、なんのことだ」

「よいのか、そろそろ甲斐守さまが下城なさるだろう」

問い詰めようとした亨に、志村が促した。

「おおっ、そうであった。では、播磨屋どの。失礼する」

亨はそそくさと播磨屋を出ていった。

「お嬢も苦労するな」

「悪い道に誘わんとってや」

　苦笑する志村に咲江が釘を刺した。


　播磨屋の出入りが確認できるところで見張っていた善右衛門が、亨に気づいた。

「出たぞ」

「へい」

　太一がうなずいた。

「店に見送りの者がいるな。ここから見えるか」

「ちと暗くて、顔立ちまでは」

　陰になってわかりにくいと太一が首を左右に振った。

「行け」

「へい」

　命じられた太一が、播磨屋へと向かった。

　酒問屋は扱っているものがものだけに、風通しを重視する。そのため、他の店に比べて暖簾は短く、ほとんど素通しに近い。酒の匂いで奉公人が酔ってしまっては商いにならないからだ。

「………」

さりげなく店の前を通過しかけた太一が、目を大きくした。

さすがに足を止めるほど心得のないまねはしなかったが、太一の足取りが少し乱れた。

「いたか」

なんとか播磨屋から離れた太一に、善右衛門が追いついて問うた。

「い、いやした」

「二人浪人がいたろう。どっちだ」

首を何度も上下させる太一に、やはり店のなかを確かめてきた善右衛門が尋ねた。

「左側の細身のほうで」

「あいつが、血鞘だと……普通の浪人じゃねえか」

太一の答えに善右衛門が驚いた。

「しかし、なんで血鞘が江戸一の酒問屋の播磨屋に……播磨屋は知っているのか」

善右衛門が首をかしげた。

「わからんな。このあたりは旦那に訊くしかあるめえ。太一、付いてこい。旦那に報告する。走るぜ」

「へい」

井村主馬のもとへ善右衛門が駆け出した。

「……どうした、志村」

池端が志村の気配が変わったことに気づいた。

「店のなかを見ていった奴が二人いた」

「ああ、いたな」

池端もしっかり見ていた。

「別に珍しいことではなかろう」

日本橋は江戸でも人通りが多い。暖簾がないに等しく、なかを覗ける播磨屋は珍しいからか、他人目を集めやすかった。

「気にいらねえ目つきをしていやがった」

「……盗賊か」

盗人は下見をする。池端も剣呑な雰囲気になった。播磨屋は日本橋に暖簾を並べる他の老舗に比べると間口も小さく、目立たないが、江戸への出入りを担う東海道の起点に店を構えているのだ。浅草や両国あたりの商家とは勝負にならない金満家である。

店の裏に酒蔵が並んでいるため目立たないだけで、金蔵も含まれている。

播磨屋の総資産は、百万両まではいかないが、数十万両をこえている。少し目端の利いた盗賊が、播磨屋に狙いを付けてもなんの不思議もなかった。

「どんな奴だ」

「尻端折《しりはしょ》りをした五十がらみの男と二十歳過ぎくらいの職人風だ」

池端の問いに志村が告げた。

「気を付けておこう。播磨屋どのにお報せするのは待とう。無駄に怯えさせては用心棒として情けない」

「ああ」

志村が認めた。

「我ら二人がいる店に目を付けたことを後悔させてやろうぞ」

「もちろんだ」

二人が顔を見合わせて、うなずき合った。

第五章　蟷螂の斧

一

　品川の宿場も江戸の町と同じく、年々拡がっている。江戸に近いという立地もあるが、口うるさい町奉行所の管轄外だというのもあった。

「お泊まりでなくても、どうぞ、おあがりを」

「飯盛り女が今なら二人でも三人でも」

　本来の品川宿から江戸へ向かって伸びた俗称徒品川には、旅籠あるいは料理屋の看板をかかげた遊女屋が並んでいた。

　江戸町奉行所の管轄地では、御免色里の吉原以外はすべて御法度になるが、品川では飯盛り女とか湯女とかの名称で呼べば、いくらでも女を抱えられる。

吉原に飽きた通人や、高輪、麻布など吉原に行くより、品川に近い遊客などで、徒品川は繁盛していた。

「旦那、まだ客の付いていない女がおりますが」

旅籠の客引きが、声をかけたのは竹林一栄であった。

「このあたりの顔役は誰だ」

「へっ」

予想していなかった返しに、客引きが呆然とした。

「顔役はどこにいると訊いておる」

「……客じゃねえのかい」

竹林一栄の要求に、客引きが冷めた。

「あがらねえなら、どいてくんな。商売の邪魔だ」

客引きがあっちへ行けと手を振った。

「きさま、北町奉行所筆頭与力の儂に……」

「げっ」

怒った竹林一栄の口から出た与力という言葉に、客引きの顔つきが変わった。

「お町の旦那でござんしたか。そいつはお見それをいたしやした」

客引きがあわてて謝った。

「……顔役はどこにいる」

少し息を整えた竹林一栄がもう一度問うた。

「このあたりの顔役さんは、あの茶店の主、青梅屋直吉《なおきち》親分でござんす」

客引きが指先で示した。

「………」

すっと竹林一栄が客引きから離れた。

「なんでえ、礼の一つも言いやがらねえ。町方の与力だと言ったが、本当かどうか怪しいもんだ」

客引きがあきれた。

「あっ、旦那、いい女がお待ちしてやすよ」

いつまでも竹林一栄にかかわっていられない。客引きはさっさと通常に戻った。

竹林一栄は脇目も振らず、茶店へと突進した。

「いらっしゃいやし。ご休憩でございますか」

前掛けをした初老の男が竹林一栄を平然と迎えた。

「おまえが青梅屋か」

「はい。わたくしが青梅屋直吉でございます。なにか、わたくしめに御用でも」

問い詰めるような竹林一栄に青梅屋直吉と名乗った初老の男が尋ねた。

「刺客を求めたい」

「……刺客。はて、わたくしどもは茶店でございまして」

竹林一栄の要求に青梅屋直吉が怪訝な顔をした。

「隠すな。そなたのことは調べてある」

このあたりは町奉行所の吟味方与力として、罪人相手の詮議で鍛えてある。竹林一栄の態度は揺らぎもなかった。

「あなたさまは」

青梅屋直吉の声が低くなった。

「北町奉行所の与力竹林である」

「……町奉行所の与力さまが、なぜ品川に」

名乗った竹林一栄に青梅屋直吉が首をかしげた。

「陰蔵を知っているか」

「あの陰蔵なら」

訊かれた青梅屋直吉が答えた。

「その陰蔵だ。陰蔵とは十年以上のつきあいをしてきた」

「………」

告げた竹林一栄に青梅屋直吉が目を鋭いものにした。

「陰蔵は死んだと聞きやしたが」

「そうだ。死んだ。いや、殺された。播磨屋伊右衛門にな」

「播磨屋伊右衛門といえば、日本橋の酒問屋。その酒問屋がなぜ陰蔵を。播磨屋といえば、御三家出入りの名店のはず」

竹林一栄の言葉に、青梅屋直吉が困惑した。

「返り討ちに遭ったのだ」

「なるほど。播磨屋伊右衛門を襲って、用心棒にやられたと」

青梅屋直吉が納得した。

「ですが……」

不意に青梅屋直吉のまとう空気が変わった。

「陰蔵は親分でございますよ。親分が自ら刺客として出向くはずなんぞございません。陰蔵のもとには刺客として名の知れた連中が片手の指で足りないくらいいたはずでございますがね」

「儂を疑っているのか」

竹林一栄が青梅屋直吉を睨んだ。

「徒品川は、江戸まで半刻たらずで行けるところ。あちらの噂なんぞ、半日も経たぬうちに届きます。北町奉行所でなにがあったかなんぞ、とっくに知っておりますよ。もと筆頭与力の旦那」

「うっ」

正体を見抜かれた竹林一栄が呻いた。

「江戸のことなんぞ、こっちは知りはしねえ。だから、おめえさんのことを代官所へ訴え出たりはしないが、徒品川にいるのは止めてもらおう。さっさと出ていきな。さもねえと違う世へ逝くことになるぞ」

青梅屋直吉が凄んだ。

「きさま、儂を脅すか」

「脅しじゃねえ。おい」

抵抗しようとした竹林一栄を青梅屋直吉がいなし、合図を出した。

「へい」

「このやろう、親分に」

茶店の周囲から無頼が湧いて出た。

「これはっ」

たちまち囲まれた竹林一栄が絶句した。

「与力さまは現場に出ねえと聞いたが、その通りだったな。周りに気を配ってはいない。守られ慣れているか、戦ってないかだ。ああ、もと与力さまだったな」

青梅屋直吉が嘲笑した。

「きさまっ……」

「まだやる気かい。今度は手加減しねえよ」

憤った竹林一栄が太刀に手をかけたのを見て、青梅屋直吉の目が危ない色に染まった。

「……………」

無言で配下の無頼たちが、懐に手を入れた。

「ええい、役に立たぬ」

柄からさりげなく手を離した竹林一栄が、踵《きびす》を返した。

「親分、どうしやす。海に沈めやしょうか」

出てきた子分の一人が問うた。

「手間かけるほどでもない。あんなのでも殺せば町奉行所が絡んでくる。徒品川を出るかどうかだけ見張っておけ」

「へい。行くぞ」

子分が仲間を引き連れて、竹林一栄の後を追った。


江戸城から町奉行所へ戻って来た曲淵甲斐守は、亨の報告を受けて腕を組んだ。

「牢屋敷か……」

曲淵甲斐守が悩んだ。

「町奉行所は南北あるが、牢屋敷は一つしかない。牢奉行を支配する町奉行とはいえ、二人いては、余の考えだけでなにかを変えるわけにもいかぬな」

「……………」

「大隅守は、余への反発を強めておろう」

城中で曲淵甲斐守に喧嘩を売ったはいいが、返り討ちに遭い、さらに盗賊捕縛で負けたのだ。南町奉行牧野大隅守が、曲淵甲斐守を恨んでいるのはまちがいなかった。

「今日も、若年寄さまから、盗賊捕縛の一件で余は褒められ、大隅守は奮励せよとの訓戒を受けていた。あのときの大隅守の目はなかなかのものであった」

勝ち誇ったように曲淵甲斐守が告げた。

「逆恨みだが、まあ、役人はそのようなものだ」

曲淵甲斐守が苦笑した。

「牢屋敷については、しばし放置するしかないな」

「未決の者が多すぎ、人減らしが起こっているのでございますが。牢屋敷という御上の施設で、人殺しがおこなわれているのは、いかがでございましょう」

手出しをしないと言った曲淵甲斐守に亨が述べた。

「それなのだが……亨」

曲淵甲斐守が亨に顔を向けた。

「誰か困っているのか」

「…………」

言われた亨は絶句した。

「牢屋敷のなかで、罪を重ねておきながら白状もせず、償いもせぬ者が死んだところで、困る者はおるのか」

ふたたび曲淵甲斐守が亨に問いかけた。

「それは……親兄弟、子供など」

「無宿者に係累はない」

人別をなくした、あるいは抜かれた者は天涯孤独になる。そうしないと周囲の者が、そいつの犯した罪に巻きこまれてしまうからだ。

「…………」

曲淵甲斐守の話に亨は反論できなかった。

「誰も困らぬ。ならば放置でよかろう。もっとも、そなたの申したように御上の牢屋敷で、そのような無法がまかり通っているなど論外であるゆえ、いつかは止めさせねばならぬが、今は無理だ。北町奉行所が揺らいでおるのだぞ、とても牢屋敷にまで手を伸ばす余裕はない。今は、足下を固めるときである。まずは、北町奉行所を完全に掌握し、続いて牧野大隅守を抑えこむ。さすれば、北南の両奉行所の意志として牢屋敷へ改革を突きつけられる」

「牧野大隅守さまを……」

「邪魔だ。あやつは。余をなんとかして下に置こうとしておる」

確認する亨に、曲淵甲斐守が苛立《いらだ》ちを見せた。

「まずあやつを抑えねば、寺社奉行からの手出しも抑えきれぬ。まだ、竹林の愚か者が、寺社奉行の懐に手を突っこんだ一件が尾を引いておる」

苦々しげに曲淵甲斐守が述べた。

寺社奉行所と北町奉行所のもめ事は、こちらに非があった。富くじを興行する寺社を寺社奉行は管轄し、そこから金を吸いあげていた。しかし、寺社奉行所は富くじのような大きな金が動くことで起こるもめ事を放置し、町奉行所へ押しつけていた。それに怒った北町奉行所の与力、同心が富くじの興行主を脅して、寺社奉行所へ納めていた冥加金の一部を取りあげたのだ。

利権というものは、いつまでも手にあると考えるのが役人である。そして奪われたことに激怒するのも役人であった。幸い、寺社奉行所の役人は、町奉行所と違って、世襲制でもなく、主君が寺社奉行になったことで任命されるただの藩士でしかなく、老練という点で町奉行所の役人に劣る。なんとか、話は町奉行所の勝利で終わったが、負けたほうの不満は確実に残っていた。

「寺社奉行所、南町奉行所、そして竹林一党。四面楚歌には一つたりないが、三方から攻められていた。その一つをようやく破ったところだ。戦は勝って兜の緒を締めよという。勢いのまま進めば、かならず手痛い反撃を受ける」

曲淵甲斐守は現況を冷静な目で見ていた。

「今は、占領した地を治めることを優先し、次に……南を抑える」

「南町奉行所を」

「そうせねば、江戸の治安を真の意味で守れまい。一カ月で交代などしていて、継続した探索ができるわけなかろう」

驚く亨に、曲淵甲斐守が強く述べた。

「では、町奉行所を一つに……」

「そうしたい。南北の二つに分けること自体、過ちである。大坂西町奉行のときも思ったが、二つにするゆえ、いろいろと面倒なのだ。あれは南の担当だとか、独断で決めるのはどうかだとか、いろいろと邪魔が入る。一人であれば、即断即決、即実行に移せる。上様のお膝元の治安を守るに、勢力争いをしている暇などない。それが、執政衆にはわかっておられぬ」

曲淵甲斐守が首を横に振った。

「それでは、今でさえ足りぬ人員が……」

「愚か者。少し考えてみよ。両町奉行所を統合するのだ。与力も同心もそのままだ。人員で減るのは、町奉行だけ。そして、町奉行が一人になれば、役高が余るだろう。まあ、三千石以上の旗本が町奉行であれば変わらぬが、千石であれば役高との差二千石が余る。その二千石を使って、与力、同心の定員を増やせばいい。単純に与力だけなら十人、同心だけなら百五十人以上増やせる。まあ、役高は実際の半分以下になるゆえ、そこまで大きくはないが、大幅な人員増はできる」

「……たしかに」

曲淵甲斐守の話に、亨は引きこまれた。

「わかったか。牢屋敷のことが些末《さまつ》とは言わぬ。ただ、今は他にするべきことがある。順序をまちがえては、すべての策が崩れる」

「わかりましてございまする」

亨は曲淵甲斐守の説得に応じた。

「わかればよい。そなたは、先日与えた任に励め。なんとしてでも江戸の闇を手に入れよ。いや、手に入れられずとも、影響を及ぼせるようになっておけ。それがかならず、余のためになる」

「はっ」

亨が平伏した。

「……若いな」

亨が下がった後で曲淵甲斐守が呟いた。

「されど、町奉行を一つにするというのはよいな。とはいえ、余が献策するわけにもいかぬ。なにかと肚を探られることにもなる。ふむ……誰ぞに目安箱へ投書でもさせるか。町奉行所の人手不足を理由とすれば、論は成りたつ。妙手やも知れぬ」

曲淵甲斐守が小さく笑った。

二

井村主馬のもとへ駆けこんだ善右衛門と太一の報告は衝撃をもって迎えられた。

「播磨屋にいたのか、血鞘が」

「はい。もう一人の浪人と播磨屋、その孫娘らしいのとで北町の内与力さまを見送っておりやした」

驚いた井村主馬に善右衛門が詳細を語った。

「むうう」

井村主馬が唸った。

「旦那……」

褒めるどころか、困惑している井村主馬に善右衛門が不安そうな顔をした。

「心配するな、おめえが悪いわけじゃねえ。ただ、相手が悪すぎる。播磨屋とくれば、御三家どころかご老中さまお出入りの豪商だ。下手なまねはできねえ」

身分ならば、薄禄とはいえ町奉行所同心は直臣となり、どれほど金を持っている豪商といえども下に扱える。

しかし、実際の力となると逆転した。

「最近、南町奉行所のお方が、なにかとわたくしに難癖を付けてこられまして。ほとほと困っております る」

老中に一言漏らすだけで、明日には井村主馬は定町廻り同心を外される。

「播磨屋に血鞘のことを報せて、縁を切らせればよろしいのではござんせんか」

善右衛門が提案した。

これもよく使われる手立てであった。商人の奉公人や、息子などが罪を犯したとき、町奉行所から捕縛の手が伸びる前に、内々の報せを出し、解雇するなり、勘当するなりを促すのだ。こうすれば、店から縄付きを出したという不名誉は避けられる。この手の配慮も出入りの町奉行所役人の仕事であった。

「そうか、おめえは知らねえか」

井村主馬が、ため息を吐いた。

「なんでござんす」

「北町の騒動だよ」

「それなら、聞いておりやす。お奉行さまに叛旗を翻した筆頭与力さまが追放された」

善右衛門が答えた。

「なぜ筆頭与力が追放にまでなったかを知っているかえ」

「そこまでは」

直接の原因をわかっているかと訊かれた善右衛門が首を横に振った。

「播磨屋だ」

「へっ」

善右衛門が間の抜けた声を漏らした。

「竹林の馬鹿が……」

北町の筆頭与力だった者への敬称を井村主馬は止めた。

「播磨屋に滞在している娘、たぶん、おめえが見た女だろう、に手出しをしようとした。どうやらあの娘は曲淵甲斐守さまと由縁があるらしい。詳しくは知らねえがな」

「お奉行さまと播磨屋に縁のある女……それに手を出すとは」

善右衛門があきれた。

「もちろん、竹林が直接手を出したわけじゃねえ。知っているだろう、陰蔵を。竹林が陰蔵に命じて娘を掠おうとした」

「あの外道を使って……でござんすか」

陰蔵の名前に善右衛門が思いきり嫌そうな顔をした。

「どうやら竹林と陰蔵には繋がりがあったようでな、陰蔵が配下を使って娘を捕まえようとした。それを用心棒とあの内与力が防いだうえ、江戸を売って逃げ出そうとした陰蔵を始末したのもその用心棒たちらしい」

「か、陰蔵がやられた……」

井村主馬の説明に善右衛門が目を剝いた。

「そこか、驚くところは」

「で、ですが、旦那。陰蔵は江戸でもっとも大きな縄張りを持っていたんでござんすよ。そこが空いたとなれば、騒動が……」

善右衛門たち御用聞きにしてみれば、町奉行所内のもめ事より、直接影響を受けるそちらのほうが重かった。

「曲淵甲斐守さまが、それを放置するわけなかろうが」

井村主馬が、善右衛門を抑えた。

「考えてみろ。己と播磨屋にかかわりのある女が狙われているというに、なんの手も打たないはずなかろうが」

「……では、竹林さまと陰蔵はお奉行さまの罠《わな》に」

「はめられたのだろうな。でなければ、娘の護衛に内与力を出すわけなかろう。それこそ公私混同だと指摘を受ける」

さすがに井村主馬も亨と咲江が婚姻の約をかわしているというところまでは知らなかった。

「播磨屋は曲淵甲斐守さまとつきあいがある」

「まちがいないだろう。つまり、播磨屋へ手出しするのは、曲淵甲斐守さまに喧嘩を売ることになる」

「そいつは……」

御用聞きだけに町奉行の力をよく知っている。善右衛門が身体を震わせた。

「旦那……」

「手を離すしかねえな」

泣くような顔をした善右衛門に井村主馬が応えた。

「とはいえ、このままじゃ、戸川が終わってしまう」

井村主馬が苦吟した。

「戸川の旦那が、定町廻りから外されるというのは」

「本当だ。お奉行を怒らせた」

確かめる善右衛門に井村主馬がうなずいた。

「血鞘を捕まえたとあれば、さすがに更迭もできまいと思ったのだが……播磨屋はまずすぎだ」

井村主馬が力なく首を横に振った。

「……旦那、播磨屋に南町奉行の大隅守さまだと手出しはできやすか」

「できないわけじゃねえな。その代わり、よほど言い逃れのできない、しっかりとした証が要る。それなしじゃ、お奉行さまでも手痛いしっぺ返しを受ける」

善右衛門の質問に井村主馬が答えた。

「戸川の旦那からお奉行さまに血鞘のことを伝えていただいてはいかがで」

「その手は最初に考えた。だが、あのお奉行では、血鞘を捕まえるより、曲淵甲斐守さまを蹴落とす材料にしかしねえだろうと結論づけてな、止めたのよ」

「なるほど、その代わり血鞘を捕まえるという手柄を戸川の旦那に立てさせて、これだけできる同心を閑職に追いやるわけにはいかないと……」

井村主馬の話から善右衛門が裏を読み取った。

「そういうわけだな」

「噂はどうでござんす」

「……噂だと。どう噂を使う」

善右衛門の言葉に、井村主馬が怪訝な顔をした。

「血鞘という極悪人が日本橋で見かけられたと戸川さまから伝えてもらう。さすれば血鞘の探索が戸川さまに任されましょう」

探索は三廻り同心と呼ばれる定町廻り、臨時廻り、隠密廻りの専任になる。戸川の解任は先延ばしになるのではと、善右衛門が提案した。

「……駄目だな。それでは」

少し考えて井村主馬が否定した。

「それだけなら、戸川から取りあげて、隠密廻りあたりに預ければすむ」

「……すいやせん」

足りないかと善右衛門が詫びた。

「いや、少し変えれば使えるぞ。血鞘が播磨屋の用心棒をしていると報告すればいい。そうなれば、お奉行さまも迂闊《うかつ》なまねはできねえし、預けられた同心も二の足を踏む。誰だって、虎の口の前で、その尻尾を踏みたくはねえからな」

井村主馬が、続けた。

「だが、戸川となれば話は別だ。定町廻りに居残りたいから必死で探るだろうし、失敗したらそのまま更迭できるうえ、うまくいったところで先ほどの失敗は帳消しにしてやるですむ。出世や褒賞は要らねえ。なによりまずくなれば、切り捨てても惜しくはない」

牧野大隅守の考えを井村主馬が推測した。

「なるほど……」

「まあ、延ばせたところで三カ月ほどだろうが、その間に戸川が別の手柄を立てればすむ。引き延ばしにしかならないかも知れねえが、なにもできないよりはましだな。善右衛門、助かった」

井村主馬が善右衛門を褒めた。

「とんでもねえことで」

善右衛門が手を振った。

「よし、戸川と打ち合わせをしてくる。おめえたちは、播磨屋のことを見張れ。ただし、目立つんじゃねえぞ。いかに戸川のためとはいえ、こっちに火の粉が飛んできたんじゃ、たまらねえからな」

「へい」

釘をさした井村主馬へ、善右衛門が首肯した。

年番方は町奉行所の内政を司る。人事、俸禄、消費物の購入、支払いなど、年番方の仕事は多岐にわたり、茶を飲む暇もないほど忙しい。

「筆頭さま」

若い見習い与力が、書付に筆を入れていた左中居作吾に近づいた。

「なんじゃ」

左中居作吾が不機嫌な顔で見習い与力を見た。

「お奉行さまがお呼びでございます」

「……わかった」

見習い与力の用件に左中居作吾が応じた。

左中居作吾は最後の最後で竹林一栄を裏切った。曲淵甲斐守に付きはしなかったが、中立へと立場を変えた。その結果、竹林一栄の跡を襲って筆頭与力になれたが、代わりに曲淵甲斐守に降伏することになった。

敗者に限りなく近いというのが左中居作吾の状況である。ここで曲淵甲斐守の要請を断るという判断はできなかった。

「お呼びでございますか」

緊急の仕事も放り出して、左中居作吾が曲淵甲斐守のもとへと出向いた。

「うむ」

鷹揚に曲淵甲斐守がうなずいた。

「竹林と共に奉行所を去った者たちの居場所を把握しておるか」

「すべてではございませぬが、あるていどは」

訊かれた左中居作吾が答えた。

「そのなかですぐに連絡がつく者は」

「すぐとなりますると……与力一人、同心三人でございまする」

条件に合う者を左中居作吾が数えた。

「賢き者はおるか」

「……賢き者はおりませぬ。賢ければ、竹林と手を結ぶはずはございませぬ」

重ねられた問いに、左中居作吾が首を横に振った。

「そうであったな。では、考えるくらいの頭を持つ者はおるか」

苦笑した曲淵甲斐守が質問を変えた。

「でしたら、一人」

左中居作吾がすぐに告げた。

「そやつをつれてこられるな」

「明日になりますが、それでよろしければ」

曲淵甲斐守の指示に左中居作吾が述べた。

「明日で良い。明日の七つ（午後四時ごろ）、役宅まで連れて参れ。言わずともわかっておろうが、できるだけ他人に見られぬようにいたせ」

「承知いたしましてございまする」

なんのためかなどということを左中居作吾は尋ねなかった。

「で、竹林はどうしている」

不意に曲淵甲斐守が竹林一栄の行方を口にした。

「………………」

左中居作吾が一瞬黙った。

「復権を手伝うつもりなどなかろう」

「ございませぬ」

曲淵甲斐守に言われて、左中居作吾が肯定した。

「ならば問題ないと余は思う」

咎める気はないと曲淵甲斐守が言った。

「なぜ、わたくしが竹林の居場所を知っていると」

「それくらい周到でなければ、年番方与力などできまい」

じっと窺うような左中居作吾に曲淵甲斐守が笑った。

「畏れ入りましてございまする」

左中居作吾が頭を垂れた。

「竹林は、しばし本所材木町の木曽屋という地回りのもとにおりましたが、そこを追い出されたようで、高輪の木戸をこえて品川へ向かいましてございまする」

「江戸を去ったか」

「わかりませぬ」

少し安堵の気配を見せた曲淵甲斐守へ、左中居作吾が険しい顔をした。

「竹林には江戸以外に頼るすべはなかったはずでございまする」

年番方与力は、町奉行所に勤める者すべての経歴を預かる。左中居作吾が竹林一栄が消えたと安心するのは早いと警告した。

「品川だとなにがある」

「町奉行所の管轄ではないので、あまりよくはわかりませぬが、品川はかなり面倒だと聞いておりまする」

「品川で無頼を雇うこともあるか」

「……………」

曲淵甲斐守の危惧を左中居作吾は無言で肯定した。

「そこまで馬鹿か……馬鹿だな」

大きく曲淵甲斐守がため息を吐いた。

「いかがいたしましょう」

左中居作吾が対処を尋ねた。

「要らぬ。黙って江戸に潜んでいるか、去ったというならば、多少気にもしたろうが、今すぐの復讐を考えるていどなら、亨でも間に合う」

曲淵甲斐守が手を振った。

「下がっていい」

「はっ」

左中居作吾が曲淵甲斐守の前から退出した。

「なにをお考えなのだ、お奉行さまは」

曲淵甲斐守の考えを読めない左中居作吾が眉間にしわを寄せた。

三

竹林一栄は青梅屋直吉のもとを追い払われたあと、本品川へと足を踏み入れていた。

「このあたりの親分は誰だ」

徒品川と同じ質問を竹林一栄は繰り返した。

「知りやせんよ」

「商いの邪魔をしねえでおくんなせえな」

「とんでもない。知っていても口にできるはずない」

誰も竹林一栄の相手をしなかった。顔役との面談を求める者など碌でもない用件を持ってきているに違いなく、かかわると酷い目に遭う。

徒品川では町奉行所与力という過去の肩書きでどうにかできたが、すでに噂が流れてきているとわかった今、さすがの竹林一栄も使えなかった。本品川には代官所がある。代官所に届けでもされれば、身分詐称で捕縛される。

竹林一栄も無理強いはできなかった。

「金ならある」

とうとう業を煮やした竹林一栄が、街道の真ん中で叫んだ。

「どうだ」

他人目を集めたところで、竹林一栄が懐から出した金包みを破って、小判を撒いた。

「うおっ」

「金だ、金だあ」

たちまち人が群がってくる。

「拾うな。その金に触れた者は、儂の用を受けたことにするぞ」

太刀を抜いて、近づく者たちを牽制しながら竹林一栄が述べた。

「用……なんだ。それ」

「できることなら、引き受けるぞ」

野次馬から声があがった。

人足が一日働いて三百文になるかならずかなのだ。小判をもらえるとなったら、目の色が変わって当然であった。

「人殺しだ」

竹林一栄が告げた。

「冗談を言うねえ」

「ふざけるな」

野次馬たちが、竹林一栄を罵った。

「やかましい。できないというなら散れ。邪魔だ」

竹林一栄が太刀を左右に振った。

「おっと危ねえ」

「うわっ」

腰の据わっていない竹林一栄の威嚇とはいえ、刀は当たれば切れる。野次馬たちがあわてて離れた。

「慣れてないおもちゃを振り回すものではないぞ」

そんな竹林一栄に堂々たる体軀の浪人が近づいた。

「なんだ、きさまは」

竹林一栄が太刀を止めた。

「その金をいただきたい」

浪人が散らばっている小判を指さした。

「意味がわかっておるのだな」

「わかっておるゆえ、出てきた。どうしても金が要るのでの」

念を押した竹林一栄に浪人がうなずいた。

「拾え」

「…………」

太刀を鞘に納めながら言う竹林一栄に浪人が無言で従った。

「二十四枚ござる」

「一枚足りぬ」

数えた浪人に竹林一栄が目を剝いた。

「持ち去られたのでござろうな。ここは品川でござる。江戸と同じく生き馬の目を抜くくらい朝飯前。もう、そいつは見えるところにはおりませんぞ」

浪人があきらめろと頭を横に振った。

「これだから、下民どもは」

竹林一栄が吐き捨てた。

「とりあえず、一度お返ししよう」

二十四両を浪人が差し出した。

「くれてやる。その代わり……」

「承知いたした。ここで話をするのもなんでござる。拙者の陋屋《ろうおく》までご足労願えるかの」

話を切り出そうとした竹林一栄を浪人が止めた。

「わかった」

竹林一栄が首を縦に振った。

浪人の住まいは、東海道から山手へ二筋入ったどん詰まりの路地隅の長屋であった。

「男やもめでござる。なんのおもてなしもできませぬが」

水を茶碗に入れて浪人が供した。

「不要だ」

竹林一栄が手を振った。

「さようか、拙者丹波五郎左《たんばごろうざ》と申す浪人でござる」

浪人が名乗った。

「どうでもいい。やることさえやってくれればいい」

竹林一栄は名乗りさえ拒否した。

「結構でござる。では、金の対価をお聞かせいただこう。誰を斬ればよろしい」

無礼を咎めず、丹波五郎左が話を進めた。

「誰でも殺せるか」

「さすがに将軍は無理でござる」

丹波五郎左ができないこともあると答えた。

「将軍は城から出てくれませぬからな」

「では、旗本は」

「屋敷から出てくれるならば、できましょう」

じろっと見た竹林一栄に、丹波五郎左はなんでもないと答えた。

「家臣も付いているうえ、駕籠《かご》だぞ」

竹林一栄が疑問を呈した。

「旗本の家臣など、太刀を抜いたことさえない者。機先を制すれば五人くらいならば、二呼吸ほどで片付けられましょう。それに駕籠ほどやりやすいものはござらぬ。なかにおる者は外が見えぬに近いので、状況を把握できぬ。そのうえ狭い駕籠のなかでは逃げ場がない。扉から駕籠の背へ向かって太刀で突けば、まちがいなく仕留められまする」

障害にならないと丹波五郎左が話した。

「できるのだな」

「こちらが生き残ろうと思わなければよいのでござる。やった後逃げようと思っていれば、死にたくないと腰が引けますが、そうでなければ難事ではござらぬ」

確認した竹林一栄に死ぬ気でかかればすむと丹波五郎左が淡々と述べた。

「死ぬ気か、まさに同じよな」

竹林一栄が口の端を吊り上げた。

「相手は曲淵甲斐守、北町奉行だ。奉行は毎日朝登城し、昼過ぎに下城する。大手門から常盤橋御門までのわずかな間だが、駕籠で移動する」

「承知した。下調べもあるし、金を渡したい相手もある。三日ほどいただきたい」

曲淵甲斐守を殺せと命じた竹林一栄に、丹波五郎左が猶予を願った。

「金を渡したい相手……」

竹林一栄が警戒するような目をした。

「品川宿で飯盛り女をしている者でござる。拙者の馴染みでございましてな」

丹波五郎左が照れながら告げた。

「敵娼《あいかた》か」

「さようでござる。あれは志摩《しま》、ああ、飯盛り女の名前でござる、が初見世に揚がったときに客になりもうしてな。以来のつきあいでござる」

不思議そうな顔をした竹林一栄に丹波五郎左が頭を掻いた。

「といったところで、その日の糧にも欠く浪人暮らし。月に一度も通えればよいところでござったが、まあ、なんというか肌合いがあったと申しましょうか……今ではもうもっとも古い馴染みでござる」

丹波五郎左が続けた。

「その志摩も今年で三十五歳、昨年くらいから身体の調子を悪くし、十二分に客を取れないときが増えて参りまして……」

さみしそうな表情を丹波五郎左が浮かべた。

「労咳《ろうがい》でござった」

「……死病か」

告げた丹波五郎左に竹林一栄が腕を組んだ。

「ご存じの通り、労咳は治りませぬ。金を湯水のごとくに使い、人参などの高貴薬を買いあさって、温泉などに療養できれば別でござるが、そんなまね、宿場の飯盛り女にはできますまい。労咳にかかった飯盛り女は、医者さえ呼んでもらえず、客が取れる間は取らされ、遣いものにならなくなったところで、捨てられまする」

「捨てられる……」

竹林一栄が首をかしげた。江戸では吉原を始め、どこの岡場所も病になった遊女は、治療されることなく、死ぬまで納屋などに放置される。こうして死んだ遊女は、薦に包まれて投げこみ寺へ放りこまれる。しかし、捨てられるという行為とは雰囲気が違った。

「そのままでござる。動けなくなった遊女は……品川の海が引き潮のときに」

「生きているのにか」

竹林一栄が驚愕した。

「………」

無言で丹波五郎左が肯定した。

「その志摩とかいう飯盛り女も……」

「まだ動けますので、捨てられてはおりませぬが……このままではそう長くはございませぬ。そこで、身請けをしてやりたいと思いましてな」

「身請けだと……労咳で死ぬとわかっている女をか」

竹林一栄が大きく目を開いた。

「はい」

丹波五郎左が首を縦に振った。

「では、その金は」

「身請けの金でござる。たとえ死にかけていても、女を遊女の身から解き放つには金が要りますでな。身請けの金は十両、あまりで医者を呼んでやり、この長屋で療養をさせてやりたいと。最期くらいは人として生きさせてやりたい」

「なぜ、そこまで」

金で売った買ったの仲でしかない遊女と客のはずだと、竹林一栄が質問した。

「なぜでござろうなあ。こちらも明日のない浪人、年々、身体が思うように動かなくなってきており、いずれ稼げなくなって飢えて死ぬとわかってきたからかも知れませぬ。いや、初めての相手だった志摩を見捨てられないだけという情けない話だけやも」

怪訝な顔をする竹林一栄に丹波五郎左が苦笑した。

「……わかった」

竹林一栄が立ちあがった。

「吾も訳ある身だ。おぬしの想いもわからんではない」

そこで一度竹林一栄が言葉を切った。

「十日待つ。十日後に迎えに来るゆえ、仕事を果たしてくれ」

「……十日もくれるのか」

丹波五郎左が息を呑んだ。

「吾もこの世の名残を楽しみたいしの」

竹林一栄がにやりと笑った。

四

何度も面会を申しこんで、ようやく戸川は牧野大隅守のもとへ伺候することができた。

「お忙しいところ、お手間をお取りいただき……」

「わかっているなら、さっさと話せ。おまえごときのために寸刻でも使いたくないのだ」

牧野大隅守は憎々しげに戸川を睨んだ。

「……申しわけございませぬ」

戸川は何度目になるかわからない謝罪をした。

「さっさと話せと申したのが聞こえなかったのか」

一層牧野大隅守が怒った。

「はい。お奉行さまは血鞘という刺客をご存じでございましょうか。はっきりとした証はございませぬが、十数人を刃にかけたと噂される極悪非道な浪人でございまする」

「刺客……知らぬ。しかし、それだけの罪があるとわかっていながら、なぜ捕まえておらぬ」

説明を聞いた牧野大隅守が疑問を呈した。

「殺された者が、無頼、博徒の類いで、死んでくれて幸いとばかりに、民たちの協力が得られず、証が集まらぬと聞いておりまする」

「なにをしておる。そのようなことだから、南町奉行所は甘いと言われるのだ」

述べた戸川に、牧野大隅守が八つ当たりをした。

「で、その血鞘がどうした」

「見つかりましてございまする」

「なにっ」

牧野大隅守が驚いた。

「捕まえたのか」

「いいえ」

「なぜ、捕まえぬ。捕り方が要るというならば、好きなだけ連れて行け。そうか、極悪人を探し当てたか。北町奉行所がどうしようもなかった刺客浪人を余が捕縛する……」

牧野大隅守が興奮した。

「それが……」

「まだなにかあるのか。なんじゃ」

苛立ちを牧野大隅守が見せた。

「血鞘と思われる浪人でございますが、日本橋の播磨屋で用心棒をいたしております」

「播磨屋だと……」

牧野大隅守が難しい顔をした。

「まずいの。播磨屋は御三家出入り、御老中さま、若年寄方ともつきあいがある」

苦く牧野大隅守が頬をゆがめた。

「よほどの証がなければ、播磨屋の奉公人扱いになる用心棒には手出しできぬ」

「はい」

ぬ」

戸川がうなずいた。

「かといって見逃すわけにはいかぬ。南町奉行所が手を出しかねている間に、北町奉行所にやられてしまっては、曲淵甲斐守を助けることになる。それは辛抱できぬ」

牧野大隅守が腹立たしいと言った。

「確実な証さえあれば、いかに播磨屋でも文句は言えぬ」

「異を唱えれば、刺客にかかわっていたか、あるいは下手人を手助けするかになり、播磨屋にも累を及ぼしますゆえ」

戸川も同意した。

「では、名のある商家ならばそやつが刺客だと教えてやれば、放逐するのではないか」

牧野大隅守が提案した。

「むつかしゅうございましょう。本当に血鞘であったならば、後のたたりが怖いですし、もし違えば、噂だけで奉公人を放逐したと、評判が落ちまする。そうなったとき、南町奉行所から教えられたと言われたら、お奉行さまのお名前に傷がつきまする」

「それはならぬ」

即座に牧野大隅守が却下した。

「では、なにもせずに、知らぬこととといたしますや」

戸川が問うた。

「…………」

牧野大隅守が悩んだ。

「ご存じでしょうか。播磨屋はもと南町の出入りでございましたが、北町に鞍替えをいたしました。どうやら、曲淵甲斐守さまとおつきあいがあるようで」

「なんだと、播磨屋が甲斐守と繫がっている」

忘れていたとばかりに追加した戸川の話に、牧野大隅守が驚愕した。

「噂でございまするが……」

戸川が念を押した。

「甲斐守と繫がりがある豪商に傷をつける。いや、甲斐守と繫がりのある商家に、極悪人が潜んでいる。そうなれば、甲斐守も無事ではすまぬ」

牧野大隅守が独りごちた。

「戸川、そなた播磨屋を探れ。なんとしてでも播磨屋の用心棒が血鞘だとの証を摑め」

「無理を仰せられますな」

牧野大隅守の命を戸川が拒んだ。

「わたくしは、あと八日で定町廻りを外れまする。探索ができるのは、三廻りと決まっておりまする」

「あっ……」

戸川が理由を答えた。

牧野大隅守が思い出した。

「むううう」

ぐっと牧野大隅守が戸川を睨みつけた。

「三カ月じゃ、次の次の月番が終わるまでくれてやる。その間に証を見つけよ。さすればそなたの更迭はなかったことにする」

牧野大隅守が宣した。

「はっ。ご温情に感謝いたしまする」

戸川が平伏し、小さく口の端を吊り上げた。


志村は播磨屋の用心棒であるが、住みこみではなかった。志村も池端も近くの長屋を播磨屋から与えられ、そこから通っていた。もちろん、二日に一度の泊まり番があり、長屋で寝るのは一日ごとだが、それでも住みこみよりも楽であった。

「今日は泊まり番か」

泊まり番の日は、昼過ぎに播磨屋へ行けばいい。

志村はゆっくりと起きあがった。

長屋はどこども同じだが、井戸と厠は共同になる。朝起き抜けで顔を洗おうとした志村は、くたびれた手ぬぐいを持って井戸へ向かった。

「おや、若いほうの先生、ごゆっくりだね」

井戸に集まって洗濯をしていた隣家の女房が志村に気づいた。浪人が二人いるためか、名前を覚えるのが面倒なのか、長屋の女房連中は池端を歳上の先生、志村を若い先生と呼んでいた。

「今夜は泊まりだからな。邪魔をする。一杯汲ませてくれ」

志村が女房たちの間に割りこんで、釣瓶を引きあげた。

「…………」

「相変わらず、細いねえ。うちの旦那とは大違いだ」

「引き締まっているのも見事だけど、身体についた傷がすごいねえ」

諸肌《もろはだ》脱ぎになった志村を見た女房たちが声をあげた。

「女に刺されたんだろう」

隣家の女房が志村の背中を叩いた。

「勘弁してくれ。そんな色気のある話なら、いまだに男やもめなわけなかろうが」

志村が苦笑した。

「目のない女ばかりだねえ。あたしが独り者なら放っておかないのに」

毎晩、夫と二人閨《ねや》ごとで激しい声をあげる隣家の女房が大きな口を開けて笑った。

「……邪魔したな」

女と口でやりあって勝てるはずはない。もともと志村は口下手である。そそくさと井戸端を離れた。

「……気に入らぬな」

長屋へ戻りながら志村が呟いた。

「すさまじい傷だったな」

長屋の出入り口に当たる木戸陰で志村を見張っていた戸川が、啞然とした。

「どれだけの修羅場を潜れば、あんな風になるというのだ」

垣間見た志村の身体に、戸川は震えた。

「鬼でさえ、あそこまでではないだろう。まちがいない、あいつは血鞘だ」

戸川は確信した。

「だが、傷だけで言い張れるわけもない」

傷が他人より多いのが、犯罪者の証拠だなどと言い出せば、鍛冶職人や猟師などは全員死罪になる。

「……どうやれば、あやつが血鞘だと証明できる」

いまさらな疑問に戸川がたどり着いた。

「善右衛門の配下の太一の証言だけでは、足りぬ」

普通の浪人ならば、それを口実に捕らえ、牢屋敷に送って拷問すればすむ。しかし、志村は播磨屋の係人《かかりゆうど》であり、その先は北町奉行曲淵甲斐守に繋がる。そんな無茶をできるわけはないし、無理にやればそれこそ、戸川の身分はおろか牧野大隅守の進退にまで話は及ぶ。

「……おっと」

一度長屋へ引っこんだ志村が、身支度を調えて出てきた。戸川はあわてて物陰へと引っこんだ。

「ふん。あれで見張っているつもりとはな」

少し鍛錬を積めば、視界に入っている範囲で予想外の動きをしたものには気づく。志村が嘲笑を浮かべた。

「誰が漏らしやがったか。どうやらこっちの正体がばれたらしい。面倒になるな」

「若い先生お出かけかい」

考えながら歩き出した志村に長屋の女房が声をかけた。

「飯代を稼ぎに行ってくる」

「いってらっしゃいな」

応じた志村を長屋の女房が送り出してくれた。

「……いいな。普通に生きていけるのが、これほど心安らぐものとは知らなかった。稼ぎは悪くなったが、十分に飯は喰え、夜中も物音に怯えずともすむ。捨てるには惜しすぎる」

志村が決意を目にこめた。

五

播磨屋に入った志村を池端が迎えた。宿直番は一夜の後、夕刻まで店に残る。志村が着いたからといって池端が交代で帰れるものではなかった。

「なにがあった」

徹夜明けの眠そうな目をしていた池端が、志村の醸し出す雰囲気に気づいた。

「つきあってくれるか。播磨屋どののもとに」

「そいつはかまわねえが……辞める気じゃないだろうな」

志村の頼みに、池端が危惧した。

「そうならないために、話をするのだ」

「ならいい」

志村の言葉に池端が納得した。

播磨屋ほどの大店《おおだな》だと主が店に立つことはまずない。よほどの得意先か、新規で有望な客でもなければ、店は番頭が仕切る。

「おや、志村はん、どないしはったん」

用心棒は奥へよほどのことがないと入ってこない。台所で料理を習っていた咲江が怪訝な顔をした。

「お嬢さまこそ、なにを。台所に御用でも」

池端が首をかしげた。

「調理を教えてもらってんねん。いわゆる花嫁修業」

咲江が笑った。

「庖丁を持つ手は慣れているように見えますが」

習い始めとは思えないと池端が咲江の手元を見た。

「家でもお母はんから、仕込まれてたけど……上方と江戸やと味が違うやん。上方風では、城見さまにおいしいと褒めてもらえへんやろ」

咲江が理由を答えた。

「なるほど。旦那は奥に」

話を切って、池端が問うた。

「ちいと待ってや」

庖丁を置いて、咲江が身軽に奥へと入っていった。

「わ、わたくしが……」

女中が止める間もなかった。

「いい奥方さまにはならぬな。軽すぎる」

「その代わり、いい女房にはなりそうだぞ」

あきれる池端に志村が笑った。

「たしかにな」

「どうぞって」

池端が苦笑したところへ、咲江が戻ってきた。

「かたじけなし」

料理に戻る咲江へ一礼して、池端と志村が播磨屋伊右衛門の居室へ通った。

「お話があるとか」

播磨屋伊右衛門が二人をなかへ招いた。

「拙者ではなく、志村がの」

池端が志村を前に出し、襖際に腰を落とした。

「すまぬの。忙しいときに」

まず志村が時間を取ってもらったことを感謝した。

「………………」

その後志村は一拍の間を取った。

「じつは、ここ数日、見張られている」

志村が口を開いた。

「当家ではなく、志村さまが」

播磨屋伊右衛門が首をひねった。

「ああ、今日、長屋でも気配を感じた」

志村が否定した。

「思いあたる節がおありでございますな」

すっと播磨屋伊右衛門が目を細めた。

「……ある。ありすぎるほどにな。血鞘という名前を聞いたことはないか」

志村が思いきった。

「血鞘……」

「まさか……」

播磨屋伊右衛門が思いあたらないと首をかしげ、池端が息を呑んだ。

「ご存じで」

反応した池端に播磨屋伊右衛門が問うた。

「血で鞘が赤く染まっていると言われる刺客だ。拙者が知っているだけでも、血鞘の手にかかった無頼は両手で足りない」

池端がいつでも動けるようにと腰を浮かせながら述べた。

「それが志村さまだと」

播磨屋伊右衛門が驚きも見せずに確認した。

「ああ。もっとも一年前に刺客からは手を引いた。いろいろあってな。味方に売られそうになるのもあきた」

志村が苦く頬をゆがめた。

「池端さま、血鞘というのはどういった刺客でございますか」

播磨屋伊右衛門が池端に尋ねた。

「先ほども言ったように、無頼を片付ける刺客だな。血鞘を味方にしたら縄張りが増えると噂されるほどだった」

池端が告げた。

「志村さま、庶民への手出しは……」

「してないつもりだが、自信はないな。一応、相手のことは調べたが、一人のやることだ。完全だとは思っていない。まあ、無頼だから斬っていいわけじゃないが。世間には無頼でも家に帰れば、いい旦那だったり、いい父だったりしていたかも知れぬ」

志村は首を横に振った。

「ふむ」

播磨屋伊右衛門が腕を組んだ。

「その血鞘が志村さまだと知っている者は」

「深川、本所付近の親分とその手下の一部くらいだろうな。せいぜい十人ほどだと思う」

訊いた播磨屋伊右衛門に志村が数えた。

「今回は、そのうちの誰かだと」

「違うな。そいつらならば、見張る意味がない。直接、吾に声をかければいい。仕事をさせたいのか、脅しをかけたいのか、どちらでもな」

播磨屋伊右衛門の疑問に志村が述べた。

「血鞘の実際を知っているなら、脅しをかけようとは思わぬ」

池端も志村の意見を支持した。

「それほどでございますか」

「三年前に本所の一件を耳にしたときは、怖気《おじけ》が立ったものだ。二十人の配下に囲まれていた親分を、その配下全部と共に葬り去った」

感心する播磨屋伊右衛門に池端が語った。

「尾ひれが付いてる。二十人もいなかった。十六人だ」

「変わらぬわ」

冷静に指摘した志村に池端が言い返した。

「そういえば、池端さまも深川にお住まいでしたな、かつて」

播磨屋伊右衛門が池端の説明を受けいれた。

「違うからな、拙者は。そんな力はないぞ」

池端があわてて手を振った。

「一対一だと、勝てぬが」

純粋に剣の腕では敵わないと志村が池端を評した。

「そのへんは、まあ、お二人でやってくださいな」

播磨屋伊右衛門がどうでもいいと話を止めた。

「問題は、誰が志村さまを見張っているか」

「初日の野郎は尻端折りをした御用聞きのようであった。今日見たのは、着流し姿だった」

「浪人者か」

述べた志村に池端が問うた。

「月代も髭もきれいであったし、着流しもよれていなかった。そういえば……」

「どうした」

思い出したような志村に池端が反応した。

「紺足袋を履いていた」

「……同心か」

志村の口から出た紺足袋で池端が正体を見抜いた。

赤城おろし、筑波おろしという二大風に挟まれた江戸は、乾燥しやすい。つまり砂埃《すなぼこり》が舞い、紺足袋なぞは一日で真っ白になる。そして紺足袋は一度洗えば、確実に色あせた。

一度履いただけで駄目になるに等しい紺足袋を、庶民は避ける。また白足袋と違って、礼装たり得ない紺足袋を武家もまず使わない。紺足袋を履くのは、他人と違うことを自慢したがる町奉行所の役人だけであった。

「北町奉行所か」

「それはございませんな」

池端の一言を播磨屋伊右衛門が違うと断定した。

「北町奉行所ならば、城見さまがご存じないはずはございません。知らずに近づけて、巻きこまれでもしたらどうなります。城見さまは曲淵甲斐守さまのご家中、その責は主君に及びましょう」

「知ってて知らぬ振りは……ないな」

播磨屋伊右衛門の説明に池端が同意した。

「城見さまにそんな腹芸はできませぬ」

「できぬの」

繰り返した播磨屋伊右衛門に志村も首を縦に振った。

「となると南町奉行所か」

「南町奉行牧野大隅守さまが曲淵甲斐守さまによって、城中で恥を掻いたと聞きました。おそらく、その腹いせでしょう。志村さまが血鞘だという証を見つけ出し、それを武器にわたくしを抑えつけ、曲淵甲斐守さまにまで手を伸ばす」

しっかりと播磨屋伊右衛門が牧野大隅守の意図を見抜いた。

「証なんぞあるわけない。あるようなら、とっくに捕まっているか、殺されている。それが刺客というものだ」

志村が小さく唇をゆがめた。

「なるほど」

播磨屋伊右衛門が納得した。

「で、なぜ、このことをわたくしに。黙って逃げ出せばすむ話でしょうに」

「なにげない毎日が惜しくなってな。逃げれば、おそらく二度と手にはできまい」

肝心な質問を播磨屋伊右衛門がおこない、志村が答えた。

「結構でございますな。日常の尊さを知る。それができれば、人は二度と馬鹿をしません。知らなかったとはいえ、雇い入れてしまいましたしね。咲江を守るために腕の立つ御仁を欲したんですが、ちと調べが甘かったですな。わたくしもまだまだというところ。反省しなければいけません。その勉強代だと思いましょう」

播磨屋伊右衛門が宣した。

「すまぬ」

「大きな貸しでございますよ」

頭をさげた志村に播磨屋伊右衛門が笑った。

「利子は勘弁してくれ。元だけでも返せそうにない」

志村も笑い返した。

「事情を曲淵甲斐守さまにお報せしますが、よろしいな」

「命を預けた。どうなっても文句は言わぬし、足掻《あが》きもせぬ」

念を押した播磨屋伊右衛門に志村が胸を張った。


町奉行は自らの屋敷ではなく、役宅で過ごすことが多かった。これは政務が異常なくらいあり、寝る間もないほど忙しいからである。曲淵甲斐守も町奉行になって以来、木挽町《こびきちょう》の屋敷へ帰った回数は片手にも及ばなかった。

「お奉行さま。左中居でございまする」

左中居作吾が一人の男を連れて、曲淵甲斐守のもとを訪れた。

「そやつがか」

廊下に控える男を見て、曲淵甲斐守が問うた。

「はい。吟味方与力をいたしておりました佐田郁太郎《いくたろう》でございまする」

「佐田郁太郎と申しまする。今回はわたくしめの不明で、甲斐守さまに手向かい仕《つかまつ》り、申しわけもございませぬ。幾重にもお詫びを申しあげまする」

佐田郁太郎と紹介されたもと与力が平伏した。

「なぜ、竹林一栄に従った」

曲淵甲斐守が詰問した。

「竹林が勝つと信じておりました。町奉行さまは町奉行所の内情をご存じないもの。江戸の町を実際に預かるのは我らであるとの矜持《きょうじ》もございました」

隠さず佐田郁太郎が述べた。

「うら若き女を掠い、余を脅すのも町奉行所の仕事か」

「とんでもございませぬ。そのようなまねを竹林が企むなど思ってもおりませぬ。罪なき者を人質にすると知っておりましたら、竹林に従うなどいたしませぬ。わたくしは、江戸の町を守っているのが誰なのかを、お奉行さま、町屋の者どもに知らしめると言った竹林に同調いたしただけでございまする」

険しい目で睨む曲淵甲斐守に、佐田郁太郎が首を横に振った。

「放逐された気分はどうだ」

「これほど情けないとは思いませんでした。いや、わたくしにはなんの力もないと思い知りましてございまする。わたくしが持っていると信じていた権は、与力という身分に付いているものとあらためて認識いたしましてございまする」

皮肉げに訊く曲淵甲斐守に、平伏したままで佐田郁太郎が述べた。

「左中居」

曲淵甲斐守が黙って控えていた左中居作吾へ顔を向けた。

「大事ないな」

二度と逆らうことはないなと曲淵甲斐守が左中居作吾へ確認した。

「はい。わたくしが引き受けまする」

左中居作吾が首肯した。

「帰りたいか」

「お願いできましたら、甲斐守さまへ忠誠を捧げまする」

佐田郁太郎が額を廊下にこすりつけた。

「わかったが、なんの手柄もなしに許すわけにはいかぬ」

「なにをいたせばよろしゅうございますか」

条件があると言った曲淵甲斐守に佐田郁太郎が尋ねた。

「目安箱へ上申書を出せ」

「……目安箱へ。なにを出せば」

曲淵甲斐守の言葉に佐田郁太郎が戸惑った。

「町奉行所を一つにすれば、奉行の役高が一人浮き、重なる役目の与力、同心を整理することで、廻り方同心を増やせる。経費削減になり、人員不足も解決できるとの提案じゃ」

曲淵甲斐守が告げた。

「それはっ……」

「ごくっ……」

左中居作吾が驚愕し、佐田郁太郎が息を呑んだ。

「無茶な」

あまりに江戸町奉行所が繁忙すぎて、南北だけでなく中町奉行所が作られたこともあるのだ。その奉行所を一つにするなど、左中居作吾には考えられなかった。

「どうしてだ。与力も同心も減らさぬのだぞ。ただ、南と北で同じ役目を作る意味のない、ようは人手がさほど要らぬところから、足らぬところへ融通するだけだ。おまえたちは何一つ影響を受けぬ。変わるのは……」

曲淵甲斐守が最後まで口にしなかった。

「なるかならぬかは、そなたたちどころか、余の及ぶところではない。執政衆のもとへ上申書が回れば、そなたを復職させてやる」

成功報酬では、いつになるかわからない。それではやる気が出ないだろうと曲淵甲斐守が垣根を低くした。

目安箱は八代将軍吉宗が設置したもので、評定所の前に毎月二日、十一日、二十一日の三回置かれた。身分にかかわりなく、幕府へ意見を述べることができたが、差出人の住所、氏名の記載なきものは、開かれず破棄された。この条件を満たしたものは、直接将軍が披見し、検討すべきと考えられた案件は老中へと預けられた。

正式な名称はなく、幕府は箱あるいは、評定所前の箱としているが、庶民によって目安箱と呼ばれるようになっていた。

「やらせていただきまする」

佐田郁太郎がより深く頭を垂れた。

「おい、佐田」

左中居作吾が佐田郁太郎を抑えようとした。

「止めてくださるな。左中居さま。これくらいせねば、復帰は叶いませぬ」

佐田郁太郎が首を左右に振った。

「与力では利害があり、とてもできませぬが、浪人の身分なればこそ出せるものでございまする」

「うむ」

言った佐田郁太郎を見て、曲淵甲斐守が満足そうに首肯した。

「だから、お奉行さまは儂に人を探すとき、考えるくらいの頭を持つ者をと命じられたのか」

目安箱への上申書を書くとなれば、相応の頭がいる。佐田郁太郎の様子を見た左中居作吾が呟いた。

十日はあっという間に過ぎた。

「おるか」

残っていた金を遣いはたした竹林一栄が丹波五郎左の長屋を再訪した。

「その声は、雇い主どのか」

なかから丹波五郎左が姿を見せた。

「お待ちしていた」

丹波五郎左が竹林一栄に笑いかけた。

「もうよいのだな」

「ああ、おかげで志摩を看取ってやれた」

「……死んだのか」

ほほえんだ丹波五郎左に竹林一栄が驚いた。

「限界だったのだろう。一昨日朝だった。大きく血を吐いてな。医者も間に合わなかった」

淡々と丹波五郎左が告げた。

「五日ほどだったが、夫婦らしい生活もできた。もと飯盛り女で浪人の妻には不相応な葬儀も出してやれた。墓も作ってやれた。感謝している。かたじけなかった」

深々と丹波五郎左が礼をした。

「……そうか」

そうとしか竹林一栄は言えなかった。

「では、参ろう。拙者に思い残すことはなし」

「ああ。儂にもない」

促した丹波五郎左に竹林一栄がうなずいた。

この作品は書き下ろしです。

幻冬舎時代小説文庫

●好評既刊
町奉行内与力奮闘記六
雌雄の決
上田秀人

江戸町奉行・曲淵甲斐守に追い詰められ、万策尽きたかに見えた町方役人。だが既得権益への妄執が、江戸の治安を守る彼らを鬼に変える。甲斐守と内与力の城見亨に迫る凶刃！　迫力の第六弾。

●好評既刊
妾屋昼兵衛女帳面
側室顚末
上田秀人

世継ぎなきはお家断絶。苛烈な幕法の存在は、「妾屋」なる裏稼業を生んだ。だが、相続には陰謀と権力闘争がつきまとう。ゆえに妾屋は、命の危機にさらされる――。白熱の新シリーズ第一弾！

●好評既刊
妾屋昼兵衛女帳面二
拝領品次第
上田秀人

神君家康からの拝領品を狙った盗難事件が多発。裏には、将軍家斉の鬱屈に絡んだ陰謀が。嗤う妾と、仕掛ける黒幕。巻き込まれた昼兵衛と新左衛門の運命やいかに？　人気沸騰シリーズ第二弾。

●好評既刊
妾屋昼兵衛女帳面三
旦那背信
上田秀人

妾を巡る騒動で老中松平家と対立した山城屋昼兵衛は、大月新左衛門に用心棒を依頼する。その暗闘を巧みに操りながら、二人の動きを注視する黒幕の狙いとは一体？　風雲急を告げる第三弾！

●好評既刊
妾屋昼兵衛女帳面四
女城暗闘
上田秀人

将軍家斉の子を殺めたのは誰だ？　一体何のために？　それを探るべく、仙台藩主の元側室・八重が決死の大奥入り。女の欲と嫉妬が渦巻く伏魔殿で、八重は真相に迫れるか？　緊迫の第四弾！

幻冬舎時代小説文庫

●好評既刊
上田秀人
寵姫裏表
妾屋昼兵衛女帳面五

大奥騒動、未だ落着せず。大奥で重宝され権力の闇の深みに嵌る八重。老獪な林出羽守に絡め取られていく妾屋昼兵衛と新左衛門。将軍家斉の世継ぎ夭折の真相に辿り着けるか？　白熱の第五弾！

●好評既刊
上田秀人
遊郭狂奔
妾屋昼兵衛女帳面六

山城屋昼兵衛と大月新左衛門は、八重を妾にせんとした老舗呉服屋の主をやり込めたことで恨みを買った。その執念は町方を巻き込み、吉原にも飛び火。猛攻をはね返せるか？　波乱の第六弾！

●好評既刊
上田秀人
色里攻防
妾屋昼兵衛女帳面七

妾屋を支配下に入れて復権を狙う吉原惣名主は、悪鬼と化す。度重なる卑劣な攻撃に、昼兵衛と新左衛門、絶体絶命。八重の機転で林出羽守の後ろ盾を得たが……。波乱万丈の第七弾。

●好評既刊
上田秀人
閨之陰謀
妾屋昼兵衛女帳面八

妾屋の帳面を奪わんとする輩が現れた。そこに書かれているのは、金と力を持つ男たちの情報――つまり、弱み。敵の狙いは？　その正体は？　昼兵衛最後の死闘の幕が上がる！　圧巻の最終巻。

●好評既刊
上田秀人
妾屋の四季

大奥や吉原との激闘をくぐり抜けた妾屋一党だが、安息の日々が訪れるはずもなく……。女で稼ぐ商売ゆえ、体を張って女を守る！　女の悲哀と男の気概を描く「妾屋昼兵衛女帳面」シリーズ外伝。

町奉行内与力奮闘記《まちぶぎょううちよりきふんとうき》七

外患《がいかん》の兆《きざし》

上田秀人《うえだひでと》

平成30年9月20日　初版発行

発行人――石原正康
編集人――袖山満一子
発行所――株式会社幻冬舎
〒151-0051東京都渋谷区千駄ヶ谷4-9-7
電話　03(5411)6222(営業)
　　　03(5411)6211(編集)
振替00120-8-767643
印刷・製本―株式会社　光邦
装丁者――高橋雅之

幻冬舎時代小説文庫

ISBN978-4-344-42784-6　C0193　う-8-17